國家圖書館出版品預行編目資料

聞一多的唐詩研究探微（下）／許瑞誠 著 — 初版 — 新北市：
花木蘭文化出版社，2017〔民 106〕
目 4+130 面；17×24 公分
（古典詩歌研究彙刊 第二一輯；第 22 冊）
ISBN 978-986-404-884-7（精裝）
1.（唐）聞一多 2.唐詩 3.詩評
820.91
106000596

ISBN-978-986-404-884-7

9 789864 048847

古典詩歌研究彙刊
第二一輯　第二二冊
ISBN：978-986-404-884-7

聞一多的唐詩研究探微（下）

作　　者　許瑞誠
主　　編　龔鵬程
總 編 輯　杜潔祥
副總編輯　楊嘉樂
編　　輯　許郁翎、王筑　美術編輯　陳逸婷
出　　版　花木蘭文化出版社
社　　長　高小娟
聯絡地址　235 新北市中和區中安街七二號十三樓
　　　　　電話：02-2923-1455／傳真：02-2923-1452
網　　址　http://www.huamulan.tw 信箱 hml810518@gmail.com
印　　刷　普羅文化出版廣告事業
初　　版　2017 年 3 月
全書字數　311212 字
定　　價　第二一輯共 22 冊（精裝）新台幣 33,000 元

古典詩歌研究彙刊

第 二 一 輯

龔鵬程 主編

第 **22** 冊

聞一多的唐詩研究探微（下）

許 瑞 誠 著

聞一多的唐詩研究探微(下)

許瑞誠　著

目

次

第四章　聞一多對唐詩的訓詁考據

　　聞一多研究古典文學，必須完成三大課題，他說：「說明背景、
詮釋詞義、校正文字」〔註1〕，故此訓詁為其必然的研究工作要點，
進而精準掌握詞意，才能推翻積非成是的先見，深入研究文本內涵，
不外乎《詩經》、《楚辭》、唐詩等。因此，聞一多在唐詩研究方面，
必然先得對詩文字進行校勘，並對詩人年代進行考證，才能從詩人生
平讀出詩歌的時代精神，前章乃依照聞一多自己考校的結果，從中論
述其唐詩觀，並提出唐詩分類與賞評不妥的部分。如今在傅璇琮、佟
培基、岑仲勉和劉開揚的推勘論證之下，皆指出聞一多對唐詩的校勘
與唐人生平之考證並不全然正確，故此章探研聞一多對唐詩的訓詁考
據之方法，兼論其辯證的精神，於聞說不乏其缺失處，進而析論之。
聞一多所進行的訓詁考據之方法，採用多方的材料進行研究辯證，故
此章先從「訓詁」的原始意涵談起，再來探析聞一多所辯證的資料，
即可認識聞一多對唐詩的訓詁考據的特色。關乎「訓詁」一詞，其義
分別如下：

　　　　訓，說教也，從言川聲。〔註2〕（漢・許慎《說文解字》）
　　　　訓者，順其意以訓之也。〔註3〕（南唐・徐鍇《說文解字繫
　　　　傳》）

〔註1〕聞一多：《聞一多全集・5》，頁113。
〔註2〕漢・許慎：《說文解字》，卷三，《文淵閣四庫全書》，頁223～113。
〔註3〕南唐・徐鍇：《說文解字繫傳》，卷五，《文淵閣四庫全書》，頁223～
　　　　443。

> 說教者，說釋而教之，必順其理。〔註4〕（清‧段玉裁《說文解字注》）
>
> 訓，順也。〔註5〕（魏‧張揖《廣雅‧釋詁》）
>
> 訓，順古同聲。〔註6〕（清‧王念孫《廣雅疏證》）

由以上學者的解釋，可以知道「訓」字本為說教，說教的方法就是順應著一件事物的本來面貌來說明，讓人清楚明白。清‧王念孫以「順」釋「訓」，更是強調了「順」的意涵，就是要依順著事物的本性，將面貌內容詳細描繪，這才能符合「訓」的意涵，若不依照著事物的本性，詳細描繪其形貌內容，人們則難以清楚明白。

> 詁，訓故也，從言古聲〔註7〕（漢‧許慎《說文解字》）
>
> 故言者，舊言也，十口所識前言也，訓者說教也，訓故言者，說釋故言以教人，是謂之詁。〔註8〕（清‧段玉裁《說文解字注》）
>
> 此所以釋古今之異言，通方俗之殊語。〔註9〕（晉‧郭璞《爾雅‧釋詁》）
>
> 詁者古也，古今異言，通之使人知也。〔註10〕（唐‧孔穎達《毛詩注疏》）

從《說文解字》「從言古聲」知其音義，再從清‧段玉裁的注解，了解「詁」在於釋前人之言。唐‧孔穎達於《毛詩注疏》中將「詁」當作動詞，指的是解釋「古語」的一種過程，以「今語釋古語」使人曉其義。因此，「訓詁」兩字合義，正如胡楚生所說：

> 「訓」是依順名物的本性，而解釋他的形貌、性質、和意

〔註4〕清‧段玉裁《說文解字注》，卷三上，《續修四庫全書》，頁741。

〔註5〕魏‧張揖：《廣雅‧釋詁》，卷一，《文淵閣四庫全書》，頁221～429。

〔註6〕清‧王念孫《廣雅疏證》，卷一，《續修四庫全書》，頁9。

〔註7〕漢‧許慎：《說文解字》，卷三上，《文淵閣四庫全書》，頁223～114。

〔註8〕南唐‧徐鍇：《說文解字繫傳》，卷五，《文淵閣四庫全書》，頁223～444。

〔註9〕晉‧郭璞：《爾雅‧釋詁》，卷上，《文淵閣四庫全書》，頁221～8。

〔註10〕唐‧孔穎達：《毛詩注疏》，頁16。

義。「詁」是依順語言的本性,用今字去解釋古字,用今語
去解釋古語,或用方言雅言去互相解釋。我們也可以說,
「訓」的解釋對象,偏重在有具體形貌的名物方面,「詁」
的解釋對象,偏重在有抽象意義的語言方面,不過,這也
只是一個大略的區分而已。〔註11〕

胡楚生這段話是從語言文字的角度,對「訓詁」的意涵加以解釋,不
過這也只是一個大略的區分而已。因此,再經由學者們不斷地對傳統
訓詁的方法進行比較分析,便能知其失,得其優之處,接著將以現在
學者對訓詁的看法歸結出缺失之處,以說明訓詁不得不以跨領域的研
究進行又有力的論證。

毛遠明曾於《訓詁學新編》一書對傳統的訓詁方法歸納出七種缺
失:材料散碎、忽略常用詞、少作詞彙全面性的歷史追蹤、厚古薄今、
崇雅輕俗、宥於文字形體、理論薄弱〔註12〕。此外,他又重新探討訓
詁的內容,不應當再侷限於文字語言上的研究,有時亦可再經由其他
領域的研究與探討來了解方言用語的意義。陸宗達和王寧也在《訓詁
與訓詁學》指出「傳統訓詁」具有概念模糊、術語含混、立論不周密、
缺乏發展觀點的侷限。〔註13〕這樣看來,傳統的文字訓詁研究早就不
足以滿足研究古語、古事、古物的需求,尚須依靠其他更多的引證與
方法來補救。

毛遠明、程俊英、梁永昌等學者,則對這樣的缺失提出:分析形
音義、分析語法、考訂名物章典制度、引證補充史實、申述文意、考
稽事類、說明修辭、訂正訛誤、探求語源等〔註14〕,以補足傳統訓詁

〔註11〕胡楚生:《訓詁學大綱》,臺北:華正書局,2002年,頁2。
〔註12〕毛遠明:《訓詁學新編》,成都:巴蜀書社,2002年,頁17～25。
〔註13〕陸宗達、王寧:《訓詁與訓詁學》,太原:山西教育出版社出版,1994
年,頁12～19。
〔註14〕筆者於此處所談的訓詁內容,毛遠明在《訓詁學新編》提到:「解釋
字詞義、疏通文句、考訂名物典章制度、引證補充史實、申述全章
全篇旨意、指出典故、說明表現手法和修辭手段、注明音讀、校正
文字」九種訓詁內容,程俊英、梁永昌則在《應用訓詁學》一書中

學的缺陷，就這些範疇來說涵蓋了文字學和、語言學、校勘學、聲韻學、詞章學的領域，因此今日的訓詁學可以說是藉由這些不同領域的研究方法加強詮釋古語、古事、古物的意涵，精準掌握文義。

當毛、陸、王等人提出傳統訓詁的缺失，並提出跨領域的方式對字義和詩、文義進行深層的探討時，聞一多早已是跨領域訓詁研究的先行者，於民初就發覺傳統訓詁方法不足以協助他研究唐詩，由於古籍傳本有訛誤，以及通假字太多，造成後人閱讀的困難甚至誤讀，所以「校正文字、詮釋詞義」〔註 15〕為必要的步驟，除了辨別異文外，他還特別強調「說明背景」〔註 16〕，探討詩作形成的文化背景，可以區別不同作家作品特質，以免歸屬錯誤，建立一套科學的辨識方法。

本章將分析〈全唐詩校讀法舉例〉、〈全唐詩辯證〉、〈全唐詩校勘〉中，聞一多如何應用訓詁方法，提出怎樣的見解與論述。

第一節　辨識詩作歸屬之方法

清末民初時期，劉師培就曾寫過〈讀全唐詩發微〉一文，內容指出一詩兩見、誤收的情形。〔註 17〕聞一多又指出《全唐詩》「編得最草率，其間錯誤百出，幾乎觸目皆是」〔註 18〕，所以才要先將唐詩的

提到「辨明文字異形、解釋詞義、分析語法、確定句讀、說明名物制度風俗習慣、串講文意、考稽事類、說明修辭手段、注明音讀訂正訛誤、探求語源，繫聯同源詞」十種的訓詁內容，兩本訓詁書所談大同小異，可見訓詁的內容不單是關乎文字的意義，也應涵蓋胡楚生所談的名物之類的詮釋，進一步將所談的意涵放入文章中，從文章的表現手法進一步探討學者自己研究所得的文字意涵是否通順，可用以凸顯文章意旨之所在。此可參考毛遠明：《訓詁學新編》，頁 26～36 和程俊英、梁永昌：《應用訓詁學》，上海：華東師範大學出版社，1989 年，頁 5～17。

〔註 15〕聞一多：《聞一多全集・5》，頁 113。
〔註 16〕聞一多：《聞一多全集・5》，頁 113。
〔註 17〕劉氏著作可參見劉師培：《劉師培全集》第三冊，北京：中共中央黨校出版發行 1997 年，頁 90～93、頁 462～463。
〔註 18〕聞一多：〈唐詩校讀法舉例〉，《聞一多全集・6》，頁 467。

作者進行辨證，加上聞一多特別著重「時代背景」的研究，因此先正確歸屬唐詩的作者，再從詩人所處的時代背景探討詩的意涵，便能讀出精義。

聞一多特別撰寫〈唐詩校讀法舉例〉，示範辨識唐人詩作誤混的區分方法。又以史實、詩意、詩風、地理以及名物爲佐證，整理成〈全唐詩辯證〉一文，以此說明詩作與詩人之關係。本節即從這兩篇文章，考察聞一多如何以訓詁考據方法辨別詩作作者：

一、引證典籍

引證典籍是訓詁學家最爲傳統的研究方法，如果尚未有新的史證資料，訓詁學家便會運用相關典籍，推勘比較以求眞相。聞一多面對《全唐詩》中一首詩同時有數位作者時，經常先博覽相關典籍，透過史傳記載其人生平、交遊、行跡抽絲剝繭，推勘研判，將之與詩作所提事蹟內容對照，以辨識眞正的作者爲誰？下文即例舉他常用的參證史實、出典辨證兩種方法作爲說明：

（一）參證史實

有關詩人的生平記載，聞一多嘗查考資料，並提出質疑，但今人岑仲勉、佟培基等人據現有資料反覆推勘後，指出聞氏的論點並非全然正確，並增補資料以說明其論點，以下依據聞氏所探討的生平類別加以詳述：

1. 考索生平

聞一多辨識詩人作品，通常會根據詩人的生平事蹟來判定作品的歸屬，這也就是學界提倡以「引證補充史實」的方法來佐證訓詁校勘的論點，就以唐太宗的〈餞中書侍郎來濟〉爲例，聞一多如此論述：

> 案《舊唐書‧來濟傳》：「永徽二年拜中書侍郎」，則此乃高宗詩，非太宗詩也。濟貞觀中嘗爲中書舍人（《舊書》八十本傳），豈侍郎爲舍人之誤耶？《紀事》四來濟下作太宗，此承《文苑英華》之誤，然永徽二年，宋之問尚未生，其

去來時遠，則亦非之問詩固矣。〔註19〕

《全唐詩》於此詩作者列有唐太宗、宋之問，聞一多不表贊同，另提出應爲唐高宗，而且「中書侍郎」應爲「中書舍人」之誤。根據《唐音統籤》卷二〔註20〕、《文苑英華》卷一七七〔註21〕記載此詩作者歸太宗；勞格的《英華辯證拾遺》則認爲「都穆跋云宋之問詩」。然而今人岑仲勉《讀全唐詩札記》〔註22〕考證結果則與聞一多相同，皆認爲是唐高宗的作品，他們都同樣援引《舊唐書·來濟傳》：「永徽二年，拜中書侍郎兼弘文館學士監修國史。」〔註23〕以正史第一手資料，考證來濟任中書侍郎在永徽二年，即高宗初期，而宋之問登朝已是高宗末年。岑仲勉更進一步舉出宋之問和來濟年代有相當的差距，認爲此詩不可能出自宋之問之手。

聞一多於《全唐詩人小傳》援引《舊唐書·宋之問》（卷一百九十中）的記載，茲錄《舊唐書·宋之問》原文如下：

> 高宗時爲左驍衛郎將東臺詳正學士，……中宗增置修文館學士，擇朝中文學之士之問與薛稷杜審言等，首膺其選，……睿宗即位，以之問嘗附張易之，武三思，配徙欽州，先天中，賜死於徙所。〔註24〕

由此引文與來濟傳的記載可知來濟的時代（西元 610～662 年），他因反對高宗立武昭儀爲后，被派到西域爲官，在西元六六二年抵抗西突厥部落入侵陣亡。宋之問的時代（西元 656～712 年），登朝在高宗末年，武后立，曾攀附張易之，武三思，人品有瑕玼，從來濟的年齡和

〔註19〕聞一多：《聞一多全集·7》，頁 529。
〔註20〕明·胡震亨：《唐音統籤》卷二，《續修四庫全書》，頁 1612～352。
〔註21〕宋·李昉：《文苑英華》卷一七七，北京：中華書局，1982 年，頁 862。
〔註22〕岑仲勉：《讀全唐詩札記》收入於《唐人行第錄（外三種）》，上海：上海古籍出版社，1978 年，頁 202。
〔註23〕五代·劉昫：《舊唐書》卷八十列傳第三十，頁 2421。
〔註24〕五代·劉昫：《舊唐書》卷一百九十中·列傳第一百四十中·文苑中，頁 5025。

人品看，這兩人不太可能交集，因此聞一多、岑仲勉判定這首餞送詩的作者不是宋之問，理由相當充份可信。

　　聞一多和岑仲勉皆主張此詩作者應為高宗，而非太宗，也有學者持不同之見。佟培基以來濟貶官的史事，說明高宗不可能以「餞」送貶官的來濟。〔註25〕從《舊唐書‧來濟》論「十八年初，置太子司議郎，妙選人望，遂以濟為之，仍兼崇賢館直學士。」〔註26〕可知來濟於貞觀中，頗得青睞，來濟年代橫跨太宗、高宗兩帝，但不久「尋遷中書舍人與令狐德棻等撰晉書。」〔註27〕雖然史書未說明何因所遷，但此「遷」一詞，並非僅指「貶秩」一義，亦可作「徙官」義，《爾雅》作「遷」為「徙」〔註28〕，《說文》作「遷」為「登」〔註29〕，《廣雅》作「遷」為「移」〔註30〕，又《詩經》「帝遷明德」〔註31〕、《漢書‧李廣、蘇建傳》「遷至栘中」〔註32〕、《後漢書‧張衡傳》「遷為太史令」〔註33〕、《明史》「遷淳安知縣」〔註34〕皆以「遷」為「調動」或「晉升」之義。此處應視「遷」為「徙」義，意為調任原本官職，故高宗任來濟為「中書侍郎兼弘文館學士」，並非是對來濟貶官，而是一般的職位調動而已。佟培基認為中書侍郎不及中書舍人，以為高宗任來濟為中書侍郎是貶官之舉，實則不然。

　　要之，若能細論「遷」義，即可推翻佟培基以為太宗詩的看法。聞一多、岑仲勉和佟培基所執之論，各自有理，唯佟培基論述「貶官」

〔註25〕佟培基：《全唐詩重出誤收考》，頁1～2。
〔註26〕五代‧劉昫：《舊唐書》卷八十列傳第三十，頁2421。
〔註27〕五代‧劉昫：《舊唐書》卷八十列傳第三十，頁2421。
〔註28〕晉‧郭璞：《爾雅‧釋詁》，卷上，頁5。
〔註29〕東漢‧許慎：《說文解字》，卷二下，《文淵閣四庫全書》，頁223～102。
〔註30〕魏‧張揖：《廣雅‧釋言》，卷五，《文淵閣四庫全書》，頁221～445。
〔註31〕唐‧孔穎達等疏：《毛詩注疏‧大雅》，卷十六，頁906。
〔註32〕漢‧班固：《漢書》，卷五十四，《文淵閣四庫全書》，頁250～319。
〔註33〕南北朝‧范曄：《後漢書》，卷八十九，列傳第四十九，《文淵閣四庫全書》，頁253～232。
〔註34〕此句可重見於清‧萬斯同：《明史》，卷二百二十六‧列傳一百十四，頁300～708。

之說可再商榷。爰此聞一多和岑仲勉將此詩歸屬高宗之說，較能符合文獻之生平記載，故〈餞中書侍郎來濟〉應歸屬高宗為是。

2. 檢查交游

聞一多除了辨正宋之問的年代與〈餞中書侍郎來濟〉一詩無法吻合之外，尚從劉希夷和皇甫冉兩人的交游情形，論述〈夜集張諲所居〉背景關係，故言：

> 〈夜集張諲所居〉「案希夷與張諲時代不相及，詩又見卷九皇甫冉集，題下注明『得飄字』。冉又有〈答張諲劉方平兼呈賀蘭廣〉、〈與張諲宿劉八城東庄〉二詩，則此實冉詩也。」〔註35〕

聞一多引皇甫冉詩集中有與張諲酬答詩二首，據此懷疑〈夜集張諲所居〉應為皇甫冉詩，而非劉希夷詩，又論劉希夷和張諲處於不同的唐代階段。筆者依此查考《唐詩紀事》卷二十記載：「諲官至刑部員外郎，善草隸，工丹青，與王維、李頎等為詩酒丹青之友。」〔註36〕可知張諲曾於青年時期離家出遊，和王維居於河南登封的嵩山少室山，王維詩作中有〈戲贈張五弟諲時在常樂東園走筆成〉「張弟五車書，讀書仍隱居」，此處用以讚美張諲學富五車，讀書在於修養為己，不在於求取功名；又曾作〈故人張諲工詩善易卜兼能丹青草隸頃以詩見贈聊獲酬之酬唐詩正音作答〉一詩中有「屏風誤點惑孫郎，團扇草書輕內史」詩句，對張諲繪畫與草書成就表達出高度的讚美。張諲又與李頎交游，李頎詩有〈臨別送張諲入蜀〉、〈詠張諲山水末缺〉贈與張五弟；皇甫冉詩有〈答張諲劉方平兼呈賀蘭廣〉、〈與張諲宿劉八城東莊〉，故張諲是位活躍於開元、天寶年間的文人。

然而，劉希夷約與宋之問同期，劉為宋之外甥，根據唐·劉肅《大唐新語》卷八記載「宋之問害之。」〔註37〕再看《新唐書》卷

〔註35〕聞一多：《聞一多全集·7》，頁538。
〔註36〕宋·計有功：《唐詩紀事》卷二十，頁291。
〔註37〕唐·劉肅：《大唐新語》卷八，北京：中華書局，1997年，頁128。

二百二紀錄宋之問「高宗時爲東臺詳正學士……睿宗立，以獪險盈惡詔流欽州。」〔註38〕就以此來看，劉希夷（651～679）的生存年代早於張諲（生卒年不詳）、王維（699～759）、李頎（690～751）以及皇甫冉（716～769）等人，故聞一多論「希夷與張諲時代不相及」，此詩應歸屬爲皇甫冉作。從詩人年代與交游考據求眞，聞一多做出了極佳示範。

3. 符合際遇

　　聞一多除了從詩人年代、交游辨正詩作歸屬外，亦從詩人的生平事蹟予以判斷，以求與詩文內容所述是否符合，茲以他論證張子容〈長安早春〉（一作孟浩然詩）爲例說明：

> 案《文苑英華》作張子容，《唐詩紀事》同。詩曰：「咸歌太平日，共樂建寅春。……何當桂枝折，還及柳條新。」蓋謂建寅年之早春，既應試而榜猶未放時所作詩也。考張子容先天元年（七一二）擢第登科，開元二年（七一四）甲寅，詩果子容所作，不當巳及第二年，而猶作此企望及第之語。浩然則《舊唐書》本傳云：「年四十來游京師，應舉不第」（浩然〈陪盧明府泛舟回〉云：「猶憐不才子，白首未登科」）。以開元二十八年五十二歲（見王士源《孟浩然集序》）推之，其四十歲當在開元十六年；而開元十四年丙寅，則此詩當即開元十四年早春，浩然三十八歲時應試後所作。本傳云年四十者，蓋舉其成數耳。浩然平生行事，余別有考，與今所云，若合符節，茲不復詳。〔註39〕

〈長安早春〉的詩人有二說，一爲孟浩然，另一位是張子容，聞一多就詩之內容在表達詩人企望及第之語，若爲張子容所作，此詩應在他放榜及第之後，自然不可能出現企望及第之語，若爲孟浩然所作，可知浩然數次應舉不第，於此年企望及第，頗符合詩意亦穩合孟浩然心

〔註38〕宋・歐陽修等撰：《新唐書》卷二百二・列傳第一百二十七・文藝中，頁5750。
〔註39〕聞一多：《聞一多全集・7》，頁542。

志，所以聞一多推斷是孟浩然所作。

聞一多提到自己對孟浩然別有所考，其篇名為〈孟浩然〉，收錄於《聞一多全集6》。此文並非如同年譜將孟浩然的生平逐年列述，而是透過一種散文化的敘述方式，從孟浩然的生平探討他的性格與才氣，文中就提到了「孟浩然一生沒有功名，……因為雖然身在江湖，他的心並沒有完全忘記魏闕。」〔註40〕由此來看〈長安早春〉更符合孟浩然企望功名的心志，以此推論為孟浩然作，也有一定的理據。

除此之外，《全唐詩》收錄在高適詩集中的〈漣上別王秀才〉，聞一多則認為作者應為式顏，他的辨正見解如下：

> 案以下四詩，亦并疑為式顏詩。雖適嘗以平永王璘亂，授揚州都督府長史，淮南節度使，然依《舊唐書》本傳：「師將渡而永王敗，乃招秀廣琛于歷陽，兵罷。李輔國惡適敢言，短于上前，乃左授太子少詹事。」〔註41〕是其兵臨廣陵，尋即罷去，以常情度之，無游觀之暇。且高適授官在至德元載十二月，永王璘敗在至德二載二月，而集中廣陵諸詩有作于深秋者，尤為可疑。諸詩亦無一語即軍事，玩其辭氣，與適身分不合。考廣陵為自長安往括州必經之地，疑諸詩皆式顏括州途中所作也。本篇及下篇題中俱有漣水字，考漣水有二：一在今廣陵附近，即今揚州一帶，一在今湖南境。下篇云：「煮鹽滭（應作滄）海曲，種稻長淮邊。」故知為廣陵漣水。張守珪開元二十七年六月貶揚州，計至漣水，當屬秋時，本篇云：「客思滿窮秋」，與式顏此行時令正合，又曰：「余亦從此辭，異鄉難久留。」明系途中作也。〔註42〕

此文同時考證〈漣上別王秀才〉、〈漣上題樊氏水亭〉、〈登廣陵棲霞寺塔〉和〈廣陵別鄭威士〉四詩的作者，乃依詩人的行跡，歸結應屬式顏詩。從這段文字可知「漣水」應在今廣陵附近，與式顏行跡吻合，

〔註40〕聞一多：《聞一多全集・6》，頁53。
〔註41〕五代・劉昫：《舊唐書》，卷一百一十一列傳第六十一，頁3331。
〔註42〕聞一多：《聞一多全集・7》，頁553。

聞一多依此亦將〈登廣陵棲霞寺塔〉、〈廣陵別鄭威士〉一併歸入式顏的詩作。

　　然而，聞一多根據高適於肅宗至德年間授官來到廣陵處理軍務，應無心遊歷，此以詩人的心理狀態，推翻高適詩的說法，其考證依據顯得頗為粗糙，亦無實證可言。因此，劉開揚評駁聞一多的說法忽略了高適於天寶四年就曾至臨淮郡漣水縣，於秋日作〈漣上題樊氏水亭〉詩，又另作〈別王徹〉〔註43〕，再根據劉開揚所撰的《高適詩集編年箋註》，同年又有〈登廣陵棲霞寺塔〉、〈廣陵別鄭威士〉等詩。是故，有關廣陵和漣水的詩作並非高適授官南下後的作品，而是在授官前曾經遊歷廣陵時的作品，於此仍將〈漣上別王秀才〉、〈漣上題樊氏水亭〉、〈登廣陵棲霞寺塔〉、〈廣陵別鄭威士〉四詩歸為高適所作的論點，相較於聞一多的說法更有立論的根據。

4. 確定地域

　　杜牧的〈懷舊〉、〈初宿〉等詩，詩中所描述的區域和詩人的生平之間關係仍受到不少的質疑，聞一多就舉了〈懷舊〉、〈初宿〉這兩首詩來說明：

　　　　〈懷舊〉案詩曰：「爭得便歸湘浦去，卻持竿上釣魚船。」
　　　　牧非湘人，疑此非牧詩。〔註44〕

　　　　〈初宿〉案詩曰：「遠夢歸侵曉，家書到隔年。湘江好煙月，
　　　　門繫釣漁船。」疑亦非牧詩。〔註45〕

這段文字主要表達的是作品中提到湘江，但聞一多認為杜牧非湘江人，所以辯證此詩非杜牧所作，張金海、佟培基等人同樣以這樣的方法，提出〈別懷〉、〈旅宿〉、〈旅情〉、〈憶歸〉等詩亦非杜牧所作。〔註46〕

〔註43〕劉開揚：《高適詩集編年箋註》，臺北：漢京文化事業有限公司，1983年。

〔註44〕聞一多：《聞一多全集・7》，頁 560。

〔註45〕聞一多：《聞一多全集・7》，頁 560。

〔註46〕張金海：〈樊川詩真偽補訂〉，《武漢大學學報》第 2 期，1982 年、佟培基：《全唐詩重出誤收考》，頁 391。

另外，再從生平足跡來看兩人的差異，詩人杜牧，字牧之，《唐才子傳》稱杜牧爲京兆人，即是今日陝西西安人，杜牧的〈懷舊〉、〈初宿〉這兩首作品皆談思念家鄉，另外張、佟兩人所提到的〈別懷〉、〈旅宿〉、〈旅情〉、〈憶歸〉也都跟思念故鄉有關，再查繆鉞的《杜牧年譜》曾提出《樊川文集》、《外集》與《別集》有不少雜入他人之作，如：李白、張籍、王建、張祜、趙嘏、李商隱、許渾諸人之詩，甚至南宋‧劉克莊《後村詩話》謂《樊川續別集》中的十之八九是許渾詩，由此可見有不少作品非杜牧所作，故前人懷疑那些提到湘江的詩非杜牧之作，此有一定的理據。

5. 掌握行跡

聞一多除了從生平祖地辨證唐詩作者外，也從詩人的行跡來辨別，他指出〈益州城西張超亭觀妓〉一詩應非王績所作，即爲其例：

> 案王績行踪，略見于王度《古鏡記》、呂才《王無功集序》，均不言入蜀。盧照鄰則嘗爲新都尉，秩滿留蜀。《朝野僉載》云：「秩滿，婆娑于蜀中」照鄰〈早度分水嶺〉曰：「丁年遊蜀道，斑鬢像長安。」其集中益州詩甚多，此其一也。然則此爲盧詩無疑。即以作風論之，亦是盧非王，不知何因而亂入王集。又案績、勣一字，王勣即王績，呂才〈東皋子後序〉、王度〈古鏡記〉並作勣，兩《唐書‧隱逸傳》、《北夢瑣言》、《密齋筆記》並作績、玄應《一切經音義》十四：「績，古文作勣」本書卷三十補遺中又有王勣，而本卷此三詩下並注云：「一作王勣。」尤爲疏謬。〔註47〕

此段話說明王績的「績」有異文作「勣」，向來被當作二人，聞一多援引玄應《一切經音義》證得實爲一人，從文字上談「勣」，《集韻》、《韻會》論曰：「𦤀則歷切，音績。」《玉篇》：「功也。」《集韻》：「通作績」，這又在明‧胡震亨《唐音癸籤》卷二十九中就曾經提到「王績，《藝文志》誤作勣，《紀事》又誤以爲有此兩人，皆非是。」〔註48〕所以王績

〔註47〕聞一多：《聞一多全集‧7》，頁531～532。

〔註48〕明‧胡震亨：《唐音癸籤》卷二十九，上海：古典文學出版社，1957

和王勣實爲異文所致，本同一人。再看〈益州城西張超亭觀妓〉一詩，從題目上就明白點出詩人於益州城西的張超亭上觀妓，聞一多以益州爲蜀地，王績生平行踪未曾足至，判定此詩非王績所作。盧照鄰曾任益州新都縣尉，聞一多又認爲盧照鄰在益州的作品甚多，有〈奉使益州至長安發鍾陽驛〉、〈贈益府裴錄事〉、〈贈益府群官〉、〈益州長史胡樹禮爲亡女造畫贊〉、〈益州至眞觀主黎君碑〉等，在《盧昇之集》中還將此詩列在益州詩中。又聞一多再從作風來看，應屬盧詩，再看此詩「落日明歌席，行雲逐舞人。江前飛暮雨，梁上下輕塵。冶服看疑畫，妝樓望似春。高車勿遽返，長袖欲相親。」此不同於王績「多爲好事諷詠」的風格，反與盧照鄰所呈現的初唐詩風較近，故歸爲盧詩爲佳。

　　同樣以詩人行跡事蹟爲證的有〈詠白牡丹〉，此詩作者同樣重出三人，分別爲盧綸、裴潾和裴士淹，聞一多爲此說明如下：

　　　〈詠白牡丹〉案又見卷十盧綸集，題作〈裴給事看牡丹〉，又見卷十九裴潾集。考《南部新書》：「長安三月十五日看牡丹，奔走車馬。慈恩寺元果院牡丹先于諸牡丹半月開，太眞院牡丹後諸牡丹半月開，故裴兵部潾〈白牡丹〉詩，自題於佛壁東頬唇壁之上。太和中車駕（指敬宗）自夾城出芙蓉園，路幸此寺，見所題詩，吟玩久之，因令宮嬪諷念，即暮歸大内，即此詩滿六宮矣。詩曰：「長安豪貴惜春殘，爭賞先開紫牡丹，別有玉杯承露冷，無人肯向月中看。」兵部時爲給事。」《苕溪漁隱叢話》：「裴潾詠〈白牡丹〉詩，時稱絕唱……」是此詩乃裴潾作也。其誤爲士淹。《酉陽雜俎》曰：「開元末裴士淹爲郎官，奉使幽冀，回至汾州衆香寺，得白牡丹一窠，植于長安私第，天寶中爲都下奇賞。『是其事也。』」（黎君見明說）〔註49〕

於此佟培基《全唐詩重出誤收考》一書和聞一多所援用的史事相同，

年，頁251。
〔註49〕聞一多：《聞一多全集‧7》，頁544。

均以《南部新書》和《酉陽雜俎》爲證，論述當時裴潾奔走車馬，所見的紫牡丹，乃時人所賞好。從宋・高承《事物紀原》一書中對於牡丹的史事紀錄「開元末，裴士淹使幽冀至汾州眾香寺，得白牡丹植於長興私第，爲都下寄賞，至德中馬僕射又得紅紫二色者移於城內。」〔註50〕又《紺珠集》增補說明「當時名士皆有〈裴給事宅看牡丹詩〉。至德中馬僕射總鎮太原又得紅、紫二色者。」〔註51〕可知牡丹已有白、紅、紫三色。此三色牡丹之異同，可參考翁俊雄於〈唐代牡丹〉一文中，以此詩論證當年

> 天寶中，白牡丹成爲「都下奇賞」，而五六十年後，人們『爭完街西紫牡丹』而白牡丹則「無人起就月中看」，這一變化值得注意，下文還要涉及……。〔註52〕

說明唐人於天寶年間愛賞白牡丹，但經過五六十年卻獨爭紫牡丹，賞花的興味因時別異，更可表達題名雖爲「白牡丹」，內容不見詩中有「白牡丹」，則是以紫牡丹凸顯白牡丹「無人起就月中看」的情形，詩中未明言白牡丹，正可與天寶後五、六十年無人賞白牡丹的實境相呼應。明・何孟春《餘冬詩話》論此詩「玉杯承露，月中狀白牡丹之妙，盡矣」〔註53〕以說明詩人用「玉杯承露月」一語來形容白牡丹，掌握詩之韻味，此爲參證史實之佳例。再論詩人，翁俊雄以爲盧綸拜訪裴士淹宅，見白牡丹而作。於此，佟培基和聞一多已將裴潾的行跡舉證歷歷，詩人應爲裴潾才是。

（二）出典辯證

詩歌內容以描述事件爲主，往往可由古籍中參證線索，亦可從其他詩集和詩人的相關資料考證其名字的訛誤情形，因此以下依據聞一

〔註50〕宋・高承《事物紀原》，卷十，正統九年建安陳氏刊本，北京圖書館影印本。
〔註51〕宋・朱勝非：《紺珠集》，卷六，《文淵閣四庫全書》，頁872～389。
〔註52〕翁俊雄：〈唐代牡丹〉，《唐研究》第5卷，北京：北京大學出版社，1999年，頁81～93。
〔註53〕明・何孟春《餘冬詩話》，卷下，北京：中華書局，1985年，頁17。

多所運用的資料來源分類說明之。

1. 參證他集

有些詩句來自於其他詩集，聞一多透過詩句出處，來考據作品眞僞與作者，首先就以唐太宗的〈望送魏徵葬〉一詩爲例：

> 案此詩又見卷三董思恭集中，題作〈感懷〉，缺頭兩句。《唐詩紀事》卷四魏徵下載此詩末四句，謂太宗作；卷三董思恭下載全篇，缺題。誤或自《紀事》始〔註54〕

這段話說明此詩在《唐詩紀事》卷三董思恭下載全篇「野郊愴新別，河橋非舊餞。慘日映峰沈，愁雲隨蓋轉。哀笳時斷續，悲旌乍舒卷。望望情何極，浪浪淚空泫。無復昔時人，芳春共誰遣」〔註55〕，缺題；卷四魏徵下錄有此詩末四句「望望情何極，浪浪淚空泫。無復昔時人，芳春共誰遣」〔註56〕，並謂李世民所作。《全唐詩》卷六三董思恭下錄有此詩，題作〈感懷〉獨缺「闉闍總金鞍，上林移玉輦」兩句。聞一多認爲此詩之誤抄有可能自《唐詩紀事》始，但這樣的說法尙無法有完整的詮釋，何以因《唐詩紀事》的抄錄，即可證明爲太宗而非董思恭所作？佟培基關於這一點便有較爲完整論證，他根據徐堅《初學記》的編書情形，斷定唐初官修類書，須謹愼從事，不至於與臣下的作品有所混訛。〔註57〕徐堅在此書中既然將〈望送魏徵葬〉歸屬於太宗詩，就該從時代近者之古籍爲校，從太宗之說。再以唐・王方慶《魏鄭公諫錄》卷五所錄〈太宗幸苑西樓觀葬〉一文可知，魏徵公葬日當天「太宗幸苑西樓望哭，盡哀，令晉王宣敕祭之。太宗因望送作詩」，不僅作詩還「親爲書」，後來仍思之不已，於是又「遂登凌煙閣，觀其畫，又賦七言詩送靈座焉。」〔註58〕在這〈太宗幸苑西樓觀葬〉一

〔註54〕聞一多：《聞一多全集・7》，頁 528。

〔註55〕宋・計有功：《唐詩紀事》，卷三，頁 32。

〔註56〕宋・計有功：《唐詩紀事》，卷三，頁 46。

〔註57〕佟培基：《全唐詩重出誤收考》，頁 1。

〔註58〕在〈太宗幸苑西樓觀葬〉一文中所錄七言賦爲「勁筱逢霜摧美質，台星失位天良臣。唯當掩泣雲台上，空對於形無復人。」可參見唐・

文中，不僅將詩作全篇完整錄下，又明指太宗所作，故從唐‧王方慶《魏鄭公諫錄》證得〈望送魏徵葬〉爲太宗所作，更爲完整。

2. 引典論史

聞一多又論虞世南的〈應詔嘲司花女〉，有關此詩的相關典故出自《隋遺錄》，並引用史實爲證，其文曰：

> 煬帝幸江都，洛陽人獻合蒂迎輦花，帝命御車女袁寶兒持之，號司花女，時詔虞世南草敕于帝側，寶兒注視久之。帝曰：「昔飛燕可掌上舞，今得寶兒，方昭前事，然多憨態。今注目于卿，卿可便嘲之。」世南爲絕句。
>
> 案《隋遺錄》似五代人僞撰，所載篇詠，皆不足信。此篇格調亦不似隋、唐，此從《全唐詩話》誤收，當刪。〔註59〕

案語上一段文字屬於《隋遺錄》所記載的史事，內容明確記載了虞世南作〈應詔嘲司花女〉爲隋煬帝時期所作的詩，在《御定分類字錦》、《古詩鏡》、《古詩紀》、《香屑集》中全都引用《隋遺錄》裡的這一段話證明此爲虞世南所作。但是聞一多認爲《隋遺錄》是五代人僞作，未能詳細說明何以證得。

一九三〇年代張心澂的《僞書通考》問世，綜合姚寬《西溪叢書》、胡應麟《四部正僞》以及《四庫全書總目提要》中的〈隋文紀〉八卷的說法，明白點出《隋遺錄》爲五代人所僞作。〔註60〕明‧胡應麟提出「《隋遺錄》，一名《南部煙花錄》」認爲「文絕鄙俗」，不似顏師古的文字風格。〔註61〕又《四庫全書總目提要》論「《隋遺錄》、《開河記》、《迷樓記》、《海山記》、《大業拾遺記》皆出依託」〔註62〕但這些文字皆僅能說出《隋遺錄》非顏師古所作，未指出何人僞作。從年代來看，聞一多早在張心澂之前，吳企明晚於聞、張兩人，吳企明於《唐

王方慶：《魏鄭公諫錄‧太宗幸苑西樓觀葬》卷五，頁20。
〔註59〕聞一多：《聞一多全集‧7》，頁531。
〔註60〕張心澂：《僞書通考》，上海：商務印書館，1954年。
〔註61〕明‧胡應麟：《隋遺錄》，上海：樸社，1933年，頁67。
〔註62〕《四庫全書總目提要》，卷一百八十九，頁45。

音質疑錄》一書中有所辯證，但聞一多早在兩人之前便已得知《隋遺錄》為五代人所偽作，只可惜聞一多未能明說，今依《唐音質疑錄》可證，故聞一多認為此詩不該錄於《全唐詩》中，應刪。

3. 辨名證訛

同樣以偽書證得詩作不宜採入《全唐詩》的有王宏〈從軍行〉，聞一多認為《龍城錄》為宋人所偽作，非柳宗元作，並查王宏其人不見於唐代，又根據《五國故事》一書查見王宏應為五代人，證明此以宋代作品偽託五代王宏。〔註63〕佟培基則從〈大唐故貝州臨清縣令王君墓志銘並序〉中得知初唐有王宏，又於《廣記》中見得盛唐人王宏，且於《十國春秋》中見五代王宏，進而論述：

> 以上初唐、盛唐、五代時三王宏，皆非此詩作者。《英華》
> 一九九載此詩作王寵，列劉希夷、賀朝清間。《新唐》七二
> 〈宰相世系二〉載有王寵，武后時宰相王綝孫、王皦子，
> 事歷不詳。〔註64〕

若依聞一多和佟培基的說法，可知初唐、盛唐、五代、宋代均有王宏一人，但是佟培基認為這幾人均非此詩作者，而〈文苑英華〉又錄為王寵詩作，佟培基更查無王寵事歷，無法得知作者。但是聞一多首先論述〈從軍行〉非王宏作品，是從此詩的風格論斷與初唐的詩風大異其趣，但是從文學史的發展來看，何必硬要將每個詩人的詩風定格定

〔註63〕聞一多辯證〈從軍行〉非王宏所作，其文如下：

〈從軍行〉案此詩氣體不類初唐，亦不知所出。《樂府詩集》有此題而不載此篇，《文粹》亦無之。王宏名唯見《龍城錄》，云：「與太宗幼日同學。」此書宋人偽託，非柳宗元作，不足據信。或謂宋太宗歟？則宏乃宋人也，疑莫能明。(《五國故事》：「〔南漢劉岩乾亨〕九年八月〔後唐莊宗同光九年〕，白虹入其偽三清殿中。……會有詞臣王宏……以白虹為白龍見，上賦以賀之。岩大悅，乃改元白龍，更名龑，又改名龑。」是宏乃五代人。《龍城錄》云太宗，即宋太宗無疑。〔《畫史會要》：永徽時有王弘，善畫人馬，非此〕《統籤》云：「此首見《戲鴻堂帖》。」案作風不類初唐，疑帖贗品。)

此參見聞一多：《聞一多全集‧7》，頁532。

〔註64〕佟培基：《全唐詩重出誤收考》，頁18

論，其實在聞一多研究唐詩的過程，亦可見時代詩風下具有獨特風格之詩人，再從佟培基所提到的初唐王宏，隋末唐初人，曾任司功軍事、縣令，依其身分，〈從軍行〉頗符合初唐王宏的條件，盛唐王宏為獵夫，自不合詩人身分，又〈文苑英華〉錄為王寵，便不知何因，最有可能的原因即是「寵」之簡寫異體「宠」與「宏」形訛，是故以初唐王宏為〈從軍行〉的作者，並無不可。

就名字的形訛方面，陸澧和陸灃也是一例，聞一多舉了張九齡的〈答陸澧〉一詩，此詩重出朱放的詩集，說明此詩非張九齡所作，首先他就先從詩題作辯證，其文如下：

> 〈答陸澧〉案卷五劉長卿有〈送陸澧歸吳中〉、〈送陸澧倉西上〉、〈新安送陸澧歸江陰〉，卷十嚴維有〈自雲陽歸晚泊陸澧宅〉，卷三十皎然有〈遙和塵外上人與陸澧夜集山寺間涅槃義兼賞陸生文卷〉，卷九皇甫冉有〈送陸澧郭鄖〉，卷十一朱放有〈答陸澧〉，卷三十陳羽有〈若耶溪逢陸澧〉，卷十盧綸有〈同耿湋宿陸澧旅舍〉。諸家澧灃錯出，當是一人。陸，中唐人，與九齡時代不相接，疑此非九齡詩。〔註65〕

這段文字說明有的詩題稱陸澧寫作陸灃，實際上陸澧和陸灃本是同一人。「灃」和「澧」本是不一樣的字源，有關「澧」字，《廣韻》音作「敷空切」。〔註66〕《集韻》、《韻會》作「敷馮切，音豐。水名」。〔註67〕《漢書地理志補注》特別指出此水道源流與名稱的辯證「按灃本作豐，亦作酆，並同。今灃水出鄠縣南山灃谷西北流與交水會。交水者，潏水也。」〔註68〕再看「澧」字，《集韻》、《韻會》作「里

〔註65〕聞一多：《聞一多全集・7》，頁534。
〔註66〕宋・陳彭年等重修、林尹校訂：《重修廣韻》，臺北：黎明文化，2001年，頁27。
〔註67〕宋・丁度：《集韻》，卷一，北京・中華書局出版，1989年，頁3。元・熊忠：《古今韻會舉要》，卷一，《文淵閣四庫全書》，頁238～383。
〔註68〕清・吳卓信：《漢書地理志補注》，卷三，北京・北京出版社出版發行，2000年，頁43。

第切，莃音禮。水名。」〔註69〕此外郝懿行又在《山海經箋疏》一書中經文「雅山，澧水出焉。」〔註70〕下提到澧水又作醴水之名的典故出處。

　　可見澧之異體字為酆；澧之異體字為醴，澧澧兩字非異體字而造成的錯出，而是諸家形訛而錯出，故澧和澧原本就是兩種不同的字體，故聞一多語「諸家澧澧錯出」，所言是也。岑仲勉於〈讀全唐詩札記〉一文就指出，此處所論的陸澧是陸齊望之子，為「其所往還者皆代、德朝人」〔註71〕然而張九齡是武曌時進士，病逝於玄宗年間的詩人，陸澧在玄宗之後，兩人年代不相及，所以此詩不可能為張九齡所作。朱放生平可見於《唐才子傳》，雖然生卒年不詳，卻可由「貞元二年詔舉韜晦奇才特下聘禮拜左拾遺不就」〔註72〕可知曾與陸澧同時期的德宗年代，聞一多論斷此為朱詩，是也。

　　另外，聞一多也透過別集的注來證得詩作的歸屬，就以〈漢上題韋氏莊〉一詩來看，同時見於岑參和戎昱兩人的作品集，但是因為一開頭就提到「結茅同楚客，卜筑漢江邊」，可知詩人所處之地為南方，因此聞一多辯證論述如下：

> 案又見戎昱集，考參行踪不及江漢，戎昱則楚人，此當系戎詩。正德安氏本、正德蜀本、及同文館《唐四家詩》本《岑參集》均不載。而李壁《王荊公詩集注》二四引「水痕侵柳岸，山翠借廚煙」二句正作戎詩，尤其確證。（王夫之《唐詩評選》作戎詩，《唐賢三昧集》、《惜抱軒今體詩抄》並作岑詩。）〔註73〕

〔註69〕宋・丁度：《集韻》，卷五，頁99。元・熊忠：《古今韻會舉要》，卷十二，頁238～596。
〔註70〕清・郝懿行：《山海經箋疏》，山海經第五，成都：巴蜀書社，1985年。
〔註71〕岑仲勉：〈讀全唐詩札記〉收入於《唐人行第錄》，上海：上海古籍，1962年，頁207。
〔註72〕元・辛文房：《唐才子傳》，卷八，頁7。
〔註73〕聞一多：《聞一多全集・7》，頁552。

這段文字不僅由岑參行踪考證詩與詩人無法應合，又透過李璧注王荊公詩的文字中，證得此詩作者應爲戎昱。就算歷來詩集辨別〈漢上題韋氏莊〉的作者各有所主，但經由李璧的文獻資料便可加以佐證，今人劉開揚《岑參詩集編年箋註》依聞說〔註 74〕，此當係戎昱詩爲佳。

二、考據求眞

　　唐代特定的地名以及事物專名往往容易被詩人引入詩中，聞一多正是透過對事物名稱的探析，進一步辨析所處的唐代分期，判定作品所該歸屬的詩人，以下便是聞一多依據所辯證的名物進行的分類：

（一）確定地域

　　聞一多運用詩中所提到的地理位置和史書中的詩人進行辯證校對，在〈瀑布聯句〉「千巖萬壑不辭勞，遠看方知出處高。溪澗豈能留得住，終歸大海作波濤。」一詩中提到陪同唐宣宗李忱觀瀑布而寫詩聯句的禪師有二人，一說是黃檗，另一爲香嚴聞禪師，聞一多對此論證如下：

> （《詩史》云：「帝常游方外，至黃檗，與黃檗禪師同觀瀑布聯句。」《佛祖統紀》云：「帝至盧山，與香嚴聞禪師詠。」時黃檗在海昌，《詩史》誤。）案宋寫本《盧山記》題中無聯句二字，以爲四句皆宣宗作，與二說異，未知孰是。（「千岩萬壑」《記》作「穿雲透石」，「遠者」作「遠地」。）
> 〔註 75〕

此段文字中「聞禪師」應作「閑禪師」，這指出聞一多認爲宣宗當時所與禪師進行作詩聯句的是香嚴聞禪師，又提出《盧山記》以爲全是宣宗所作，聞一多對此未有進一步的是非辯證，就歷來詩話論此詩多

〔註 74〕劉開揚：《岑參詩集編年箋註》，四川：巴蜀書社，1995 年，頁 882。
〔註 75〕聞一多：《聞一多全集·7》，頁 529～530。

依《詩史》之說，唯《佛祖統記》論帝至廬山，聞一多乃依清聖祖《御定全唐詩》〔註76〕所注的文字內容而來。關於這件史事，南宋·陳巖肖《庚溪詩話》卷上說：

> 唐宣宗微時，以武宗忌之，遁跡爲僧。一日游方，遇黃檗禪師同行，因觀瀑布。……黃檗云：「千巖萬壑不辭勞，遠看方知出處高。」宣宗續云：「溪澗豈能留得住，終歸大海作波濤。其後宣宗竟踐位，志先見於此詩矣」。〔註77〕

此語論黃檗與宣宗之間，以詩歌交游應答，提供〈瀑布聯句〉爲黃檗所作而立論。南宋·祝穆《方輿勝覽》卷二十引此史事說明「黃蘗山」之名的由來以及位址，「黃蘗山」在新昌縣西百里，一名鷲峯山。〔註78〕在《全唐詩》卷四收了這首詩，於〈瀑布聯句〉題下注云：「《詩史》云帝游方外，至黃檗，與黃檗禪師同觀瀑布聯句。《佛祖統紀》云帝至廬山，與香嚴（巖）閑禪師詠。時黃檗在海昌，《詩史》誤。」〔註79〕又童養年《全唐詩續補遺》卷七亦收錄這首詩，卻題作〈四面寺瀑布〉，前二句略異，其詩爲「穿山度石不辭勞，到底還他地步高。溪澗豈能留得住，終歸大海作波濤」，注爲出自《古今圖書集成》職方典安慶府部。〔註80〕此詩的地點和對象眾多紛紜。就地點而論，黃檗山在江西省高安縣，唐代時屬洪州管轄。廬山在江西省九江市，九江是唐代江州的治所。就人而論，或說是廬山香爐峰的閑禪師，或說是黃檗禪師希運。

　　唐·洪州黃檗禪師希運可見於《宋高僧傳》卷二十一，文中未提

〔註76〕清·清聖祖御定：《御定全唐詩》，收錄於《文淵閣四庫全書》，臺北·臺灣商務印書館發行，1983 年。

〔註77〕宋·陳巖肖《庚溪詩話》卷上，收錄於清·丁福保編《歷代詩話續編》，北京·北京圖書館出版社，2003 年，頁 166。

〔註78〕宋·宋祝穆《方輿勝覽》，卷二十，上海·上海古籍出版，1991 年，頁 216。

〔註79〕中華書局編輯部點校：《全唐詩增訂本》，北京：中華書局，1999 年，頁 51。

〔註80〕童養年：《全唐詩續補遺》收錄於《全唐詩外編》北京：北京中華書局，1982 年，頁 10680。

與宣宗共游山水詠詩一事〔註81〕，明·釋隱元《黃檗山寺志》一書中提到宣宗事跡也僅見三處，分別爲卷三、卷四和卷七〔註82〕，均與遊山觀瀑無關，故《全唐詩》論《詩史》有誤，極爲可能。再看另一人，廬山香爐峰的閑禪師的事跡可見《經史避名匯考》一書，詳細記載閑禪師爲唐宣宗時人，於「宣宗元聖至明成武獻文睿智章仁神聰懿道大孝皇帝諱忱，本名怡，法名瓊俊」下注《大唐遺事》宣宗爲光王時，避武宗之害，因從香巚閑禪師，更名瓊俊祝髮爲沙門。《北夢瑣言》亦云密遊四方，或止江南名山，多識高人道士。」〔註83〕可見當時宣宗同香巚閑禪師同游四方，此爲觀瀑布所作之詩，又《全唐詩續補遺》提到的四面寺在安慶府，即今安徽省，《重修安徽通志》一書中記載「四面寺在縣東，四面皆山，唐法智禪師建。宣宗嘗遊此其下，有洞通龍山甽，今燬。」〔註84〕由此可知應是宣宗同閑禪師出遊至安徽四面寺見瀑布所作之詩，而《佛祖統紀》言帝至盧山，即以香巚閑禪師所居之地誤論宣帝曾遊盧山。聞一多的論點雖然無法辯證宣宗與誰同遊詠詩，但是經由這些史事的記載，卻可略見跡象，應是宣宗和閑禪師共遊觀瀑詠詩才是。

另外，聞一多還根據詩人行踪辨別詩題所提到地名之地理位置，就以〈送楊處士反初卜居曲江〉爲例，頷聯提到「蕭寺休爲客，曹溪便寄家」，清·許培榮箋註《丁卯集》，就曾論述：

> 處士非僧也，而曰：「脫袈裟」盡處士服習禪學，故云：「曹溪蕭寺」俱由此因雁門遠而卜居于曲江，以老綠琪、黃槿皆祝其久于世間。「別怨」二句點還送字意。〔註85〕

〔註81〕宋·釋贊寧：《宋高僧傳》，卷二十，《文淵閣四庫全書》，頁 1052～297。

〔註82〕明·釋隱元：《黃檗山寺志》，卷三、卷四、卷七，《續修四庫全書》，頁 328、頁 336、頁 366。

〔註83〕清·周廣業：《經史避名匯考》，《續修四庫全書》，頁 827～623。

〔註84〕清吳坤修等修　清何紹基　清楊沂孫等纂：《重修安徽通志》，卷五十七，《續修四庫全書》，頁 652～532。

〔註85〕唐·許渾撰、清·許培榮箋注：《丁卯集箋註》，《續修四庫全書》，

說明楊處士本身非僧人，卻盡學僧人禪理，這裡的曹溪和蕭寺到底所指爲何？從文中來看似乎是指曹溪上的蕭寺，蕭寺原指佛寺代稱，可由《釋氏要覽》卷上（大五四・二六三下）：「今多稱僧居爲蕭寺者，必因梁武造寺以姓爲題也」之語得知，所以蕭寺成爲佛寺代稱的由來。接著，這些史料配合文句對仗的形式來看，曹溪非溪名，而是應以蕭寺對仗，互爲同質名詞，指的應是曹溪寺，分別以「曹溪」和「蕭寺」作爲佛寺的代稱，既然爲代稱，便不需探討曹溪寺、蕭寺和曲江之間的關係。再從聞一多辯證歸屬詩人的論點來看，見如下：

> 案又見卷二十許渾集。考楊炯末卷貶嶺外，詩曰：「別怨應無限，門前桂水斜。」與許渾行踪合，此許詩無疑。[註86]

此文提到此詩的作者有二說，一爲初唐的楊炯，另一爲晚唐的許渾，兩人時間差距甚大，聞一多以楊炯後來被貶嶺外辨別此非楊氏所作，但是由此段話來看，聞一多並沒有詳細的論述，僅談此詩與許渾的行踪相合，但依《舊唐書》卷一百九十上可知此時楊炯被貶至盈川[註87]，此可依《資治通鑑補》卷二百三：

> 應至令長餘得令終幸矣，既而勃度海墮水，炯終於盈川令」下注爲「黔州彭水縣，漢酉陽縣地，武德二年分彭水於巴江，西置盈隆縣，先天元年避太子名，改曰盈川；非此也。衢州龍丘縣，武后如意元年，分置盈川縣。縣西有刑溪，陳時，土人留異惡『刑』字，改曰盈川，因爲縣名。長，知兩翻。[註88]

此語可知楊炯生平中所提到的盈川應指浙江衢州龍丘縣的地名，而非川名，而此處又位於嶺外。詩題中所提到「曲江」一詞向來有三個意

　　　頁 1311～515。

〔註86〕聞一多：《聞一多全集・7》，頁 534。

〔註87〕五代・劉昫：《舊唐書》，卷一百九十上・列傳第一百四十上・文苑上，頁 2509。

〔註88〕明・嚴衍：《資治通鑑補》，卷二百三・唐紀十九，上海・上海古籍出版社，2002 年。頁 3917。

涵，一爲江蘇省長江一段；二爲錢塘江，自浙山下曲折而東入海；三爲曲江池，若依詩人爲楊炯的說法，同爲浙江境內盈川地名中的曲江便可吻合詩題與詩作。縱使佟培基引證宋・岳珂《寶眞齋法書贊》卷六唐名人眞蹟所錄的「唐許渾烏絲欄詩眞蹟」中的〈送楊處士反初卜居曲江〉，來證明此應爲許渾所作，但是這也無法判定是否以許渾眞蹟抄寫他詩而來。再觀許渾行跡，根據《唐才子傳》卷七的紀錄曾經歷當涂、太平縣令，以病免。久之，起爲潤州司馬。宣宗大中中拜監察御史，歷虞部員外郎，睦、郢二州刺史。後抱病退居潤州丁卯橋村舍。〔註89〕潤州爲今江蘇省鎭江市內的一區，其地理位置似又吻合曲江三義中的江蘇長江中的一段。准此，從這兩方面的論述來看，要歸屬許詩也合，要歸屬楊詩亦可合，聞一多只以行跡證斷爲許詩，論據似乎稍嫌不足。

　　宋之問的〈渡漢江〉和〈嵩山夜還〉重出於李頻集，聞一多從兩人游宦、家鄉，以考據詩之作者，其論證如下：

　　〈渡漢江〉案又見卷二十二李頻集。之問貶嶺南，故云在嶺南經冬歷春，未有鄉信。今渡漢江，而距家鄉嵩山爲近。若李頻睦州人，豈得有此言耶。〔註90〕

　　〈嵩山夜還〉案亦見李頻集，宋之問弘農人，故云：「家住嵩山下」，而李頻則不可。又李頻詩第一句作「家住東皋去」，必因下句「好采首山薇」而誤。蓋夷、齊首陽采薇，與王績東皋地近。王績詩云：「東皋薄暮望，……長歌懷采薇。」後人遂因之而改爲「東皋玄」，不知之問詩「家住嵩山下」與「好采首山薇」並不衝突。況李頻亦非東皋人邪。〔註91〕

這段文字說明李頻若是睦州人，從嶺南歸，不可能經過漢江，所以〈渡漢江〉非李詩。佟培基也在《全唐書重出誤收考》一書中引用譚

〔註89〕元・辛文房：《唐才子傳》，卷七，頁 56～57。
〔註90〕聞一多：《聞一多全集・7》，頁 536。
〔註91〕聞一多：《聞一多全集・7》，頁 536。

優學的《唐詩人行年考·宋之問行年考》，認爲〈渡漢江〉是「狀逃歸之急切而又忐忑不安心情，頗貼切，亦之問詩中名篇，必非李詩，確繫宋詩。」〔註92〕又〈嵩山夜還〉李頻詩第一句作「家住東皋下」，宋之問詩則作「家住嵩山下」。「東皋」與下句「好采首山薇」無涉，或受王績〈野望〉「東皋薄暮望，……長歌懷采薇。」影響而誤。又據《新唐書》卷二百三提到「李頻，字德新，睦州壽昌人」〔註93〕壽昌在今浙江建德和王績山西龍門東皋亦無關係。宋之問詩「家住嵩山下」與「好采首山薇」，嵩山、首陽山皆在河南，宋之問爲弘農人（金河南靈寶縣），所寫地理環境關係甚密，故聞說是也。

此外，紀唐夫的〈送友人歸宜春〉，此詩另有一說爲張喬作，聞一多辯證如下：

> 案此張喬作，見卷二十三。喬宜春人，故題目歸宜春，而詩曰：「故里南陔曲」。《貴池唐人集》本張喬集有此首，《唐詩紀事》亦作張喬詩。〔註94〕

此段文字是透過詩題仿詞辨析，論張喬宜春人，《才調集》、《三體唐詩》均作詩篇言「故里南陔曲，秋期更送君」。陵，一作陔。校：集作陔，《才調集補注》論宜春依據唐地理志，位於「江南道袁州宜春郡宜春縣，有宜春泉醞酒入貢」。進一步引元僧圓至注《三體唐詩》論「南陔屬宣州，喬初隱九華，後寓居長安延興門外。」〔註95〕此可從朱鶴齡《李義山詩集注》中對〈涼思〉「南陵寓使遲」的註解得知，

〔註92〕佟培基：《全唐書重出誤收考》，頁 37。

〔註93〕北宋·歐陽修、宋祁合撰：《新唐書》卷二百三·列傳第一百二十八·文藝下，頁 5794。其實「睦州」有三說，一爲隋開皇八年（588 年）所置，治長楊縣，後來唐改名長陽，於今湖北省境內，十七年廢。唐武德四年（621 年）復置，八年廢。二說隋仁壽三年（603 年）所置，治新安縣。後多次改名，轄境約當今浙江省境內。三說爲遼朝的州，後改成州。此處依《新唐書》「壽昌人」一詞可知李頻爲浙江人。

〔註94〕聞一多：《聞一多全集·7》，頁 565。

〔註95〕五代·殷元勛輯、清·宋邦綏補注：《才調集補注》，卷九，上海：上海古籍出版社，2002 年。，頁 435。

注爲「《舊唐書》梁置南陵縣，武德七年屬池州，後屬宣州。」〔註96〕
再看紀唐夫，生卒年不詳，其最有名者是溫庭筠謫方城尉，唐夫贈詩
以嘆庭筠之冤，故此無法判斷此詩與紀唐夫是否相合，但若從故里來
看，此詩當歸張喬之作。

（二）必先正名

　　聞一多考察詩中所見名物，用以判斷年代及與詩題的關係，斷定
詩作應歸何人所作。就先以宋之問的〈冬夜寓直麟閣〉爲例，此詩一
作王維詩，聞一多論證：「案王維時不當稱麟閣，此仍繫之問詩。」
〔註97〕乃根據《唐六典》一書記載「祕書省監一人從三品」的典志說
解，其文曰：

> 武德初改爲監，龍朔二年改爲蘭臺，其監曰：「蘭臺太史。」
> 咸亨元年復舊，天授初改爲麟臺監，神龍元年復舊初漢，
> 御史中丞掌蘭臺祕書圖籍，故歷代置都邑建臺省以祕書與
> 御史爲鄰。〔註98〕

武德爲唐高宗年號，龍朔爲高宗年號，咸亨爲中宗年號，天授爲武后
年號，神龍爲睿宗年號，所以祕書省在武后以前稱爲祕書監、蘭臺，
武后時期稱爲麟臺，睿宗以後又改爲舊稱，這亦可於《舊唐書》卷四
十三中可見有關祕書省的詮解「龍朔改爲蘭臺，光宅改爲麟臺，神龍
復爲祕書省」〔註99〕，宋之問乃武后時人，故稱之麟閣、麟臺，較爲
符合時代下的典制名稱，而王維乃開元、天寶時人，不再援用此名，
故清・趙殿成《王右丞集箋注》特別標注「按題中『麟閣』之名乃是
天授時所改，神龍時無復此稱，則此詩自應歸宋耳。」〔註100〕由此

〔註96〕唐・李商隱撰、清・朱鶴齡注：《李義山詩集注》，卷二下，《文淵閣
　　　　四庫全書》，頁1082〜169。
〔註97〕聞一多：《聞一多全集・7》，頁534。
〔註98〕唐・李林甫、張九齡：《唐六典》卷十，《文淵閣四庫全書》，頁595
　　　　〜102。
〔註99〕五代・劉昫：《舊唐書》，卷四十三志第二十三，頁1854。
〔註100〕清・趙殿成：《王右丞集箋注》，卷十五外編四十七首，臺北：中華，

可知，〈冬夜寓直麟閣〉應歸宋詩，非王詩。

另外，李白〈觀放白鷹〉亦是常被論斷高適詩誤入李詩的作品，聞一多為此提出理據，以證應屬高適詩：

> 案第二首「蒼鷹八九毛」之句，與題不合，詩又見高適集中，題作〈見薛大臂鷹作〉，疑本高詩。選本以李、高二詩相次，而傳寫偶脫高名，遂誤入李集也。（彭蘭君說）〔註101〕

聞一多指出此詩之第二句「蒼鷹八九毛」和詩題〈觀放白鷹〉不諧，就鷹毛羽之白與蒼提出疑點，又高適詩名〈見薛大臂鷹作〉，李高兩人詩相次，因而懷疑傳寫之人不小心脫去高適，而誤入李白詩。佟培基更引用詹鍈《李詩辨偽》「後人選錄，因先後相次。編太白集者未曾詳察，並以為白作，乃有斯誤。」劉開揚《高適詩集編年箋注》：「按白集題作〈觀放白鷹〉二首，既與另一首八月所作不同時，又非放白鷹」來說明此為高適詩。清‧王琦注的《李太白詩集注》曾對蒼鷹的毛色變化加以注解：

> 蘇武詩：「寒冬十二月，晨起距嚴霜。」鷹一歲色黃，二歲色變次赤，三歲而色始蒼矣，故謂之蒼鷹。八九毛者，是始獲之鷹，剪其勁翮，令不能遠舉颺去。啍，眾口貌，太白借用作嘲誚意。〔註102〕

此注說明鷹羽的顏色變化，並說明蒼鷹之名的由來，由此來看劉開揚的說解，更能明白點出蒼鷹與白鷹之間的不同，〈觀放白鷹〉第一首就直接提到「胡鷹白錦毛」但第二首卻言「蒼鷹八九毛」，又詩題為「觀放」意指使其飛揚，但根據王琦的說解「是始獲之鷹，剪其勁翮，令不能遠舉颺去」更與第一首的「孤飛一片雪，百里見秋毫」之意相違，故應屬高詩。

有時詩中所描述的景物和詩題的指稱的地名並不相合，聞一多依此辯證張謂的〈登金陵臨江驛樓〉，其文曰：

1984 年。

〔註101〕聞一多：《聞一多全集‧7》，頁551。

〔註102〕清‧王琦注：《李太白詩集注》卷二十四。

　　　案互見本書岑參集，題作〈題金城臨河驛樓〉，詩五梁作
　　　五涼，又云古戍、鸚鵡、麝香，皆隴外景物，與岑詩題
　　　合，非張行踪所屆。此本岑參詩，錯入張集，因考題中
　　　金城爲金陵，臨河爲臨江，並改詩中五涼爲五梁。〔註103〕

原詩爲「古戍依重險，高樓見五梁。山根盤驛道，河水浸城牆。庭
樹巢鸚鵡，園花隱麝香。忽然江浦上，憶作捕魚郎。」從這詩來看，
聞一多稱詩中出現的古戍、鸚鵡、麝香，並非金陵之物，所以他認
爲此詩應爲〈題金城臨河驛樓〉，而非金陵，劉開揚認爲詩題作「臨
江驛」似涉詩之「忽然江浦上」而誤〔註104〕，劉、聞兩人皆認爲
此詩因爲誤入張謂集中，故改五涼爲五梁，就此聞一多以此詩的屬
地爲金城，又考張謂行踪未到金城隴外之地，才斷定爲岑詩。然而
佟培基曾根據《唐代詩人叢考・張謂考》證明張謂與岑參同時在西
北封常清軍幕，所以聞一多論「非張行踪所屆」，有待商榷。對於
此詩作者爲誰，《文苑英華》卷二百九十八、《瀛奎律髓》卷三十、
《唐詩品彙》卷六十一、《佩文齋詠物詩選》卷一百十九、《詩法醒
言》卷六，均歸岑參詩作，又辛文房於《唐才子傳》稱張謂「格度
嚴密，語致精深，多擊節之音，今有集傳于世。」〔註105〕又論岑
參「常懷逸念，奇造幽致，所得往往超拔孤秀，度越常情，與高適
風骨頗同」〔註106〕根據宋・許顗《彥周詩話》的評論「岑參詩亦
自成一家，蓋嘗從封常清軍其記西域異事甚多。」〔註107〕可知從
岑參寫詩的習慣，好以隴外名物入詩，故從詩風、詩題以及詩人寫
詩的習慣來看，此詩內容較符合岑參的邊塞風格，應屬岑參。聞一
多的推論依然不誤。

〔註103〕聞一多：《聞一多全集・7》，頁551。
〔註104〕劉開揚：《岑參詩集編年箋註》，頁163。
〔註105〕元・辛文房：《唐才子傳》卷四，頁33。
〔註106〕元・辛文房：《唐才子傳》卷三，頁18。
〔註107〕宋・許顗：《彥周詩話》，《歷代詩話》，頁391。

三、辨別意涵

詩意時而與史事應合，或整篇意涵，或段落意涵，或詩風判別，若能加以辨別詩意，即能以詩歌印證詩人寫詩之習慣，進而探討詩之作者爲誰。故依此分析，分爲以下三類：

（一）通釋大意

胡楚生曾指出每篇文章都有「章指」〔註108〕，此用以通釋全章大意，目的就是爲了使正文的意義更爲明顯，在詩學領域中，《詩經》經後人的詮釋亦出現「詩指」，唐詩的「詩指」往往能從題目上獲得領悟，或經由史事點明「詩指」。聞一多便利用此種方法，論辨作品的詩指，再論詩題或詩內容的適切性，首先他從詩題上對〈奉和聖制春日出苑應制〉（一作矚目應令，一作明皇詩。）和〈先天應令〉兩首作辯證，其文如下：

> 案前詩卷一明皇集不載。後詩明皇集載之，題作〈春日出苑遊矚〉，並注云：「太子所作，一作張說詩。」考卷三賈曾集有〈奉和春日出苑矚目應令〉一詩，並注云：「時爲太子舍人，使在東都作。」則知前詩當歸之張說，原題應作〈奉和春日游苑矚目應令〉，作「應制」者誤也。後詩應題作〈春日出苑游矚〉，作〈先天應令〉者，蓋後人因張說而改也。但由此題可證明一事，即先天乃睿宗末年號，其實明皇猶爲太子，故明皇集題注云：「太子時作」；其題作「應令」者，正指太子而言也。至其所以致訛之故，蓋由於張集附載明皇原作，後遺明皇名，遂一併視爲張之詩，聚珍版張說集二詩緊相接，足資爲證。〔註109〕

這段文字強調先天乃睿宗晚年年號，〈奉和聖制春日出苑應制〉應作〈奉和聖制春日出苑應令〉當張說詩，〈先天應令〉應作〈春日出苑游矚〉當明皇帝詩，聞一多認爲此爲太子和張說春日出苑應答的遊戲之作。

〔註108〕胡楚生：《訓詁學大綱》，頁136。
〔註109〕聞一多：《聞一多全集・7》，頁538。

　　先從原詩來看，〈春日出苑游矚〉此詩末句「唯願聖主南山壽，何愁不賞萬年春」頗有太子祈禱聖主睿宗年歲長久之意，若此為張說所作，便不得語境，更無法應和君與臣之間的關係，因為張說此時作詩的對象為太子（未登位的唐明皇），而非睿宗，故聖主所指稱的對象若為睿宗的話，便對太子無禮，但是若以聖主指稱太子的話，便對當朝的君主睿宗大為不敬。爰此，若依此詩為張說所作，不論聖主所指稱的對象是睿宗或是太子，均為不敬。

　　應制詩是奉帝王、太子及王侯之命而作的詩歌，分為「應詔」、「應令」和「應教」三類。明・吳景旭云：「魏晉以來，人臣於文字間有屬和，于天子曰『應詔』，于太子曰『應令』，于諸王曰『應教』。」〔註110〕這兩首詩既然是明皇帝和張說之間的應答之作，時年卻為睿宗晚年，見得明皇帝仍為太子身分，然而〈先天應令〉本應為明皇帝之作，不該以應令為題，當作原題為〈春日出苑游矚〉即可。

　　《石倉歷代詩選》收錄此詩，尚特別標注明皇帝「太子時作」〔註111〕，由此可見曹學佺認為是唐明皇尚未登基時，還是以太子身分與張說的應答詩。曹學佺則是以張說對太子的應令詩，卻又不加「應令」一詞，實為矛盾。聞一多透過張說集中兩首詩緊連相次的現象，造成編者誤輯〈奉和聖制春日出苑〉為張說詩。

　　聞一多辯證〈如意娘〉非武后所作，乃從詩歌風調論此詩不合武后的帝王威勢，且根據前人詩作的內容與情感，分析這首詩的涵義，故言：

　　　〈如意娘〉（《樂苑》曰：「〈如意娘〉，商調曲，唐則天皇后所作也。」）案驗風調，絕非武后做，不知出自何書？俟考。
　　　郭遐叔〈贈嵇康〉詩曰：「思念君子，溫其如玉，心之憂矣，視丹為綠。」蓋此詩即「看朱成碧思紛紛，憔悴支離為憶

〔註110〕明・吳景旭：《歷代詩話》，卷五十一，《文淵閣四庫全書》，頁1483～18。

〔註111〕明・曹學佺：《石倉歷代詩選》，卷三十二，《文淵閣四庫全書》，頁1387～403。

　　　君」二句所從出也。〔註112〕

這段文字說出聞一多對於此詩歸武后作的說法不知從何而來，又考其義涵應是思念君子之詩，因而推論此詩應是武后化用前人詩句而來，其情調韻味亦襲承其中，而非武后所展現的原始風貌，但聞一多卻又未曾論及武后本該呈現何種詩歌風格，故此論未能完善。

　　有關武后與此詩的評論，可見於清・王初桐輯《奩史》卷三十一，錄有張君房《脞說》之語，曾論：「千金公主進淫毒男子，武后愛幸之，改明年為如意元年，是年，淫毒男子以情殫死，武后思之作如意曲。」〔註113〕這段話講述武后後宮生活相當淫慢，表達武后雖然封帝稱后，但是仍無法擺脫人間情戀，相思之苦，難逃憔悴心傷的情劫。嚴紀華亦在《碧玉紅牋寫自隨：綜論唐代婦女詩歌》此書中引用此詩，借以批評武后荒淫的私生活。〔註114〕但是，若依武后後宮寵男之多，又加上她的身分地位的話，無須為此一男子愁情苦愛。是故，聞一多以〈如意娘〉之義涵與風調論斷此非武后所作，再論及武后之後宮情形，於此借由史事加以印證，即能為聞說論證。

　　由詞句相仿而形成詩人作者混淆不清的例證，亦見於趙嘏的〈汾上宴別〉，一作許渾詩，聞一多從詞意相仿分析兩首詩之間的關係，其文論曰：

　　　案〈婺州宴留上肖員外〉（原作〈婺州宴上留別〉，此從一本。）曰：「獨自下樓騎瘦馬，搖鞭重入亂蟬聲。」與此末二句：「不待管弦終，搖鞭背花去。」詞意相仿，疑此確繫趙詩。〔註115〕

這裡聞一多另舉一首〈婺州宴留上蕭員外〉，說明〈婺州宴留上蕭員外〉中「獨自下樓騎瘦馬，搖鞭重入亂蟬聲」與〈汾上宴別〉「不待

〔註112〕聞一多：《聞一多全集・7》，頁530。
〔註113〕清・王初桐輯：《奩史》，卷三十一，《續修四庫全書》，頁552～553。
〔註114〕嚴紀華：《碧玉紅牋寫自隨：綜論唐代婦女詩歌》，臺北：秀威出版社，2004年，頁42。
〔註115〕聞一多：《聞一多全集・7》，頁566。

管弦終，搖鞭背花去」詞意相似，近代佟培基亦對此詩並無加以作任何的詮解，僅就列出此詩又見許渾詩而已，但據聞一多這樣的辨別方式，恐有誤也，畢竟難保詩人間沒有詞意相仿之作，須有更多證據說明趙嘏的交游情形與此詩更密切的關係，故此詩待考。

（二）明辨詩風

聞一多欲透過詩人的寫詩風格來判斷作作者，但這是一個無法確切的論證法，因為難保一位詩人沒有其他風格的表現，除非擁有另一種辯證加以佐證，才能讓作品更準確地歸屬該歸屬的詩人（就如上面武后〈如意娘〉）。聞一多辯證盧照鄰〈酬楊比部員外暮宿琴堂朝躋書閣，率爾見贈之作〉（一作王維詩）一詩，其文如下：

> 案明刊本《幽憂子》不載，作風似王維。王維集中有〈同比部楊員外夜游有懷〉詩。〔註 116〕

聞一多認為這首詩應屬王維，不僅作風似王維，王維集中亦有與楊員外交游的作品，佟培基更從版本學角度辯證此詩收入的情形〔註 117〕，論述《英華》、《品匯》、《王右丞集箋注》皆收入此詩在王維之下，唯獨《幽憂子》不載，《文苑英華》卷三百十四將此詩緊連在盧照鄰〈文翁講堂〉詩後〔註 118〕，佟培基推論很有可能是後人誤抄所致。若真從詩風來看此詩「閒拂簷塵看，鳴琴候月彈。桃源迷漢姓，松徑有秦官。空谷歸人少，青山背日寒。羨君樓隱處，遙望在雲端。」頗有「明月松間照，清泉石上流」的禪意，與盧照鄰那改造的宮體詩風格迥然不同，又查《盧升之集》不見盧照鄰與楊比部員外的交游情形，故此推論應為王維詩。

另外，姚崇的〈夜渡江〉，也是重出於柳中庸詩集中，聞一多亦從詩風作判別，其文曰：

> 〈夜渡江〉（一作柳中庸詩）案作風不類中唐，七、八失

〔註 116〕聞一多：《聞一多全集‧7》，頁 533。
〔註 117〕佟培基：《全唐書重出誤收考》，頁 22。
〔註 118〕宋‧李昉：《文苑英華》卷三百十四，頁 12。

　　粘，尤非中唐所當有。柳中庸有〈江行〉詩甚工，疑選家
　　分類抄襲，以柳詩與此詩相次，轉寫者遂有誤此爲柳詩者
　　也。〔註119〕

聞一多說〈夜渡江〉不類中唐詩風，此錄原詩
　　夜渚帶浮煙，蒼茫晦遠天。舟輕不覺動，纜急始知牽。
　　聽草遙尋岸，聞香暗識蓮。唯看孤帆影，常似客心懸。

他更加分析此詩七、八失粘，不似中唐詩格。柳中庸是中唐人，大曆
年間的進士，姚崇是初盛年間的詩人，所以依此詩「然非有靜思妙手，
不能出而爲詩」〔註120〕的詩境，有著初盛唐細膩柔媚的手法，邢昉
更明指「聽草遙尋岸」爲「五字似中唐以後人」〔註121〕的論點，更
可確認此詩非中唐詩作，但是否爲中唐以後作品，不得而知，但可知
的是「聽草遙尋岸」與孟浩然的詩作如出一轍，更被評爲「五、六佳。
日後孟襄陽『露氣聞芳杜，歌聲識採蓮』，則又青出於藍矣。」〔註122〕
說明姚崇的「聽草遙尋岸，聞香暗識蓮」五、六句和孟浩然的「露氣
聞芳杜，歌聲識採蓮」相仿，孟詩更勝。《唐詩選脈會通評林》載周
珽的評論從詩人品格論斷此詩，其文論到「元崇性體廉靜，心鏡光明，
故其爲詩亦多淨潔高華，如〈望月思家〉、〈夜渡江〉，極靜、極細、
極響、宜當時以文章著名、德業欽世也。」〔註123〕元崇即姚崇本人，
《舊唐書》有記載「姚崇，本名元崇，陝州硤石人也。」〔註124〕因
爲此人性體廉靜，所以作品多幽雅淡香，周珽還特別舉了〈夜渡江〉
極靜、極細、極響的特質，與作者的性格相合，據此〈夜渡江〉應屬
姚崇之詩。

〔註119〕聞一多：《聞一多全集・7》，頁537。
〔註120〕明・鍾惺、譚元春輯：《唐詩歸・初唐四》卷四，《續修四庫全書》，
　　　　　1589冊，頁577。
〔註121〕語見清・邢昉：《唐定風》，收錄在陳伯海：《唐詩彙評》，頁126。
〔註122〕語見清・范大士輯：《歷代詩發》，收錄在陳伯海：《唐詩彙評》，頁
　　　　　126。
〔註123〕語見《唐詩選脈會通評林》，收錄在陳伯海：《唐詩彙評》，頁126。
〔註124〕五代・劉昫：《舊唐書》，卷九十六列傳四十六，頁2021。

正如此節一開頭就提到的辯證方法,聞一多若單從作風來看詩人的話,仍不足以證明其論點,就在他辯證張子容的〈送孟六浩然歸襄陽〉(第二首一作王維詩)二首詩過程中,聞一多又從作詩地點進行辯證,其文曰:

> 案第一首曰:「東越相逢地,西亭送別津」蓋在樂城送。第二首曰:「好是一生事,無勞問子虛。」明是在長安送。則是二首不得做於同時。第二首下注云:「此篇一作王維詩」卷五王維集有,題作〈送孟六歸襄陽〉,今玩此首作風,與張子容條只載第一首,最是。(劉辰翁本及元刊本王維集不載,顧元緯本入外篇。)〔註125〕

> 案第二首本書卷五王維題作〈送孟六歸襄陽〉,六字是其第一首曰:「東越相逢地」,蓋作於永嘉(子容、浩然並嘗至永嘉,見各本集),浩然有〈永嘉別子容〉,即此首之酬答篇。至第二首曰:「杜門不復出,久與世情疏,以此爲長策,勸君歸舊廬。」此則與浩然〈留別王侍御維〉「只應守寂寞,還掩故園扉」之語意正相吻合,是第二首確繫王詩。汲古閣本《孟浩然集》附載有此二首及王維《憶孟六》詩,其式如下:

> 〈送孟六歸襄陽〉(見宋本)張子容

> 又

> 〈憶孟六〉(見宋元刻)王維

> 蓋王維之置名原在第二首之下,後世輾轉抄寫,誤移於後一首下,則第二首本爲王詩者,轉誤爲張詩矣。〔註126〕

〈送孟六浩然歸襄陽〉一詩有兩首,聞一多考察第一首:

> 東越相逢地,西亭送別津。風潮看解纜,雲海去愁人。
> 鄉在桃林岸,山連楓樹春。因懷故園意,歸與孟家鄰。

是張子容於樂城送浩然所作的,第二首:

〔註125〕聞一多:《聞一多全集‧7》,頁541。
〔註126〕聞一多:《聞一多全集‧7》,頁541～542。

杜門不欲出，久與世情疏。以此爲長策，勸君歸舊廬。

醉歌田舍酒，笑讀古人書。好是一生事，無勞獻子虛。

是子容在長安送別孟浩然時所作，兩首顯然不是作於同時，但是在講述第二首時又說第一首是張子容在永嘉別孟浩然而作，並提出孟浩然有〈永嘉別子容〉：

舊國余歸楚，新年子北征。挂帆愁海路，分手戀朋情。

日夕故園意，汀洲春草生。何時一杯酒，重與李膺傾。

此詩乃孟浩然別子容而作的。實際上樂城和永嘉兩地不盡相同，但是經由聞一多這樣的辨證，即可知道〈送孟六浩然歸襄陽〉是張子容於永嘉送別孟浩然的作品，故孟浩然才會以〈永嘉別子容〉贈答張子容。

〈送孟六浩然歸襄陽〉第二首可見於《瀛奎律髓》一書的選錄方式，方回於孟浩然〈永嘉浦逢張子容〉詩後評論「永嘉得孤嶼中川之名，自謝康樂始。此詩五六俊美。」〔註 127〕緊連著張子容的〈送孟六歸襄陽〉第二首，其文論到：

元詩二首見浩然集，今取其一。子容亦志義之士，浩然嘗
有詩送應進士舉，子容今送浩然歸，廼爲此骨鯁之論，其
甘與世絕，懷抱高尚可想見云。〔註 128〕

可見孟浩然的〈永嘉浦逢張子容〉和張子容的〈送孟六歸襄陽〉第二首是在永嘉的贈答之作，方回不取其一反取其二，更能表現兩首之間的關係密切。雖然聞一多舉孟浩然的〈留別王侍御維〉「只應守寂寞，還掩故園扉」和〈送孟六歸襄陽〉第二首「杜門不復出，久與世情疏，以此爲長策，勸君歸舊廬。」的詩意有所應合，以此推論〈送孟六歸襄陽〉第二首是王維對孟浩然的回應，但方回所收錄的孟浩然〈永嘉浦逢張子容〉：

逆旅相逢處，江村日暮時。眾山遙對酒，孤嶼共題詩。

〔註 127〕元・方回：《瀛奎律髓》卷二十四，《文淵閣四庫全書》，頁 1366～
316。

〔註 128〕元・方回：《瀛奎律髓》卷二十四，《文淵閣四庫全書》，頁 1366～
316。

廓宇鄰蛟室，人煙接島夷。鄉園萬餘里，失路一相悲。

此詩與張子容的〈送孟六歸襄陽〉第二首「杜門不復出，久與世情疏，以此為長策，勸君歸舊廬」更為密切，無怪乎方回要將這兩首相次排列。又《唐詩矩》曾論

> 全篇直敍格。勸人歸休，非真正知心之友不肯作此語。蓋王已飽諳宦情，孟猶未沾一命，故因其歸贈以此詩。言外有許多仕路險巇、人情翻覆之感，俱未曾說出。人言王、孟淡，不知語淡而意實深至，所以可貴。若淡而不深，則未免寒薄之誚矣，豈知真王、孟哉！〔註129〕

可知〈送孟六浩然歸襄陽〉勸人歸隱，雖然黃生以王維作此詩的作者論述詩意，但此詩歸隱心志卻又見於《唐才子傳》卷一「張子容，開元元年常無名榜進士，為樂城令，初與孟浩然同隱鹿門山，為死生交，詩篇唱答頗多。」〔註130〕可見兩人歸隱之心早就有之，張子容以此贈孟浩然也不為過。再者，依《唐詩品彙》「張子容與孟浩然有永嘉贈答」〔註131〕一語論〈送孟六浩然歸襄陽〉第二首是張子容於永嘉別孟浩然的詩作。於此，聞一多欲透過王維的作風判定〈送孟六浩然歸襄陽〉第二首是王維所作，仍是不足之處，經由以上的辯證，歸之於張子容較佳。

另外，聞一多有單依風格判斷詩作有〈書事〉、〈田家即事〉和〈題衡陌泗州寺〉三首，聞一多認為〈書事〉為「案《升庵詩話》引《天廚禁臠》載此詩。然玩詩，不似唐人，乃宋人格調也。（黎見明說）」〔註132〕，將〈書事〉一詩視為宋人依託王維所作，唐詩雖為唐詩，但也無法完全切割宋調的風格，或可謂宋調之先驅。宋·蔡正孫《詩林廣記》就曾評論：「《禁臠》云：『此詩含不盡之意子由謂之不帶聲色者也。』王荊公亦有絕句詩意頗相類。」並附上王荊公絕句〈若耶

〔註129〕語見《唐詩矩》，收錄在陳伯海：《唐詩彙評》，頁257。
〔註130〕元·辛文房：《唐才子傳》卷一，頁8。
〔註131〕明·高棅：《唐詩品彙·敍目》，《文淵閣四庫全書》，頁11。
〔註132〕聞一多：《聞一多全集·7》，頁547。

溪歸興〉「若耶溪上踏莓苔，興罷張帆載酒回。汀草岸花渾不見，青山無數逐人來。」〔註133〕明・楊慎的《升菴集》特立一標題作〈半山用王右丞詩〉進而批評蔡正孫所舉的詩例並不合王維此詩的意涵，又另舉王荊公「山中十日雨，雨晴門始開。坐看蒼苔色，欲上人衣來」〔註134〕來說明。由此可見王維詩已有宋調。

　　再讀儲光羲〈田家即事〉一詩，聞一多認為「案又見卷十九楊發集。題作〈南野逢田客〉，儲集七律，只此一首，且氣體卑弱，疑是楊詩」〔註135〕，僅以氣體卑弱斷定為楊發的詩作，佟培基《全唐書重出誤收考》也僅敘述此詩收入的情形，未加以論斷為何人詩作，因而根據明・楊慎《升菴集》的論述，錄原文如下：

> 儲光羲詩五卷，五言古詩過半。七言律止田家即事一首而已。……近刻本多缺誤，余以元刻本正之。　七言律自初唐至開元，名家如太白、浩然、韋儲集中不過數首，惟少陵獨多至二百首，其雄壯鏗鏘過於一時，而古意亦少衰矣，譬之後世舉業，時文盛而古文衰廢，自然之理。〔註136〕

這段文字說出了儲光羲作詩的習慣，以五言古詩為多，然而卻僅一首七言律而已，所以聞一多才對此感到疑問，恐是誤入儲詩之故。楊慎這裡也明白提到詩人作七言律本來就不易，所以儲光羲僅一首也不足為怪。若依原詩「桑柘悠悠水蘸堤，晚風晴景不妨犁。高機猶織臥蠶子，下阪飢逢餉饁妻。杏色滿林羊酪熟，麥涼浮蠮雉媒低。生時樂死皆由命，事在皇天志不迷。」判斷詩題的話，並未能與楊發〈南野逢田客〉應合，此詩純描述田中事，以及詩人對於農事的人生體認，並未言及「逢田客」的經過和訴語，可見此詩仍歸儲光羲為佳。

　　再看張抃〈題衡陽泗州寺〉一詩，聞一多引用《全唐詩》小注，

〔註133〕宋・蔡正孫：《詩林廣記》前集卷五，《文淵閣四庫全書》，臺北・臺灣商務印書館發行，1983年，頁1482～56。
〔註134〕明・楊慎：《升菴集》，卷五十五：《文淵閣四庫全書》，頁1270～492。
〔註135〕聞一多：《聞一多全集・7》，頁549。
〔註136〕明・楊慎：《升菴集》，卷五十四，頁1270～482。

說明此詩與張巡無關，是宋代文人經由此地，感念唐代的史蹟而題下的詩作，《全唐詩》所錄實爲宋詩並非唐詩，故聞一多對於這樣的收錄態度有所評論：

> 案小傳引宋・汪應辰作〈廟記〉云：「初顯於湖湘間，後及江右，至玉山皆祀之。碑載詩一首。」然此詩格調絕似晚唐，甚或五代宋人作，疑繫遊人題寺之什，附刻碑上，與張巡無涉。本書循汪氏之誤，收爲張詩，疏矣。〔註137〕

聞一多認爲此詩雖有晚唐格調，但實際上應是遊人於碑上題作，而非張巡本人所爲，故批判輯書之人態度疏漏。其實清人在編輯《全唐詩》時，就於題下說明：「張巡，滑人。與張巡固守睢陽城陷死難者三十六人，巡其一也。宋・汪應辰作〈廟記〉云：『初顯於湖湘間，後及江右，至玉山皆祀之。碑載詩一首』。」〔註138〕此收錄的情形，或許編者另有用意，卻在輯採資料方面容易造成讀者誤解，故聞一多於此辯證，批論不當之處，所言爲是也。

聞一多的訓詁考據方法廣採多樣化，這不僅在唐詩研究中隨處可見，也是他向來探討古籍的研究方法，在另外一部經典《詩經》的研究亦是如此。張仁明就曾指出聞一多運用內證法（案：本校）、外證法（案：三重證據法）、發明《詩經》特有的表達技巧、運用方俗、民謠、社會學、人類學以證其說等來講解《詩經》的字詞義與作者的身分，但是經由以上的分析討論過後，聞一多所引用的研究方法，顯然要比他研究《詩經》保守了許多，多採用傳統的辯證方法，探討作品的作者歸屬。

第二節　詩歌用字傳誤的校勘方法

聞一多除了對作品所屬詩人進行辯證之外，亦對詩作的異文情形進行校正。唐詩異文的情形不少，黃靈庚對於義涵可通者，曾以〈唐

〔註137〕聞一多：《聞一多全集・7》，頁549。
〔註138〕中華書局編輯部點校：《全唐詩增訂本》，北京：中華書局，1999年，頁1616。

詩異文義例通釋〉分析歸結異文二字產生的原因，實乃常用義相近或相同、引申義與本義、常用義與冷僻義、方俗義與常用義以及假借義和本義之間的關係所造成。〔註139〕但唐詩中有異文情形實在無法僅以這五類概括之，尚有異文二字互不相及的關係，故聞一多採以多方資料作爲校勘依據，對不同的詩人集有不同的校勘本，他列出所引用的書目有：

詩人集——如《常建詩集》（影印宋本）、《崔顥詩集》（明正德本）、《王荊公詩注》（李壁）、《秦隱君詩集》（明刊本）、《王建詩集》（明嘉靖本）、《後山詩注》（任淵）、《懶眞子》、《沈下賢集》（觀古堂本）、《周賀詩集》（影印宋臨本）、《文標集》（豫章叢書）等。

詩話——如《優古堂詩話》、《艇齋詩話》、《碧溪詩話》、《南浦詩話》（梁章鉅）等。

筆記——如《芥隱筆記》、《盧山記》（日本高山寺藏宋本）、《西溪叢語》、《浩然齋雅談》、《陽山志》（明·岳岱，峭帆樓叢書）、《雲谷雜紀》、《對床夜語》、《豹隱紀談》（宋·無名氏，說郛七）、《南楚新聞》、《槁簡贅筆》（宋·章淵）等。

選集——如《敦煌唐寫本詩選》、《河岳英靈集》（明刊本）、《貴池唐人集》、《唐六名家集》等。

考古補遺——如《續古文苑》（平津館叢書）、《塵史》、《考古質辨》、《金石萃編》、《群書拾補》等。

由此可知，聞一多以《全唐詩》爲底本，其詩文字與他本有所差異的時候，即進一步辯證哪個字較爲符合詩中用字，所以在〈全唐詩校勘記〉中，有的詩句會出現案語和訓詁解意的分析，來判斷哪個字較適切。例如在〈送于丹移家洺州〉「送人莫長歌」後加述「莫，毛、周並作莫，是。」此以周心如批明嘉靖本校的汲古閣《唐六名家集》爲校勘依據，此《唐六名家集》原爲明·毛晉所輯，由周心如批校，

〔註139〕此可參見黃靈庚：〈唐詩異文義例通釋〉，《漢學研究》，18 卷 2 期（總37），2000 年 12 月，頁 341～367。

故聞一多才會提毛氏又提周氏。此節分析聞一多所運用的校勘辨字方法，茲據所見分類如下：

一、探文論詞

聞一多進行古籍校勘的工夫，自《詩經》研究就已開始，正確的校勘是訓詁的前提，有益於文本的閱讀，但任意改字改讀以通假說詩，就非訓詁之正途了，他在《詩經》研究就常犯此病。〔註140〕唐詩歷來傳抄本甚多，難免出現不少異文，想推斷原貌有一定的困難，若無出土資料加以佐證，學者很難判斷詩中異文對錯是非。因此從詩意、格律、詩作背景等可資論證的材料斟酌用字，自然就成了探求本字的最佳途徑，此外詩的語言精簡，一詞多義現象如何抉擇，這些都是考驗。以下依據聞一多探文論詞的方法分為兩類，一窺他如何校勘唐詩。

（一）上下相因

胡楚生論古文有時因上下文而誤寫偏旁，甚至有時因下文而省上文，因上文而省下文，均是造成讀者誤讀的重要原因，於此援用這樣的觀念來論聞一多評述《全唐詩》中用字謬誤的情形。首先，聞一多引用常建的〈閑齋臥病（一作雨，宋本作病）行藥至山館稍次湖亭二首（一作一首，宋本作二首）〉作辯證，雖然聞一多稱同題有一首和兩首的說法，但是他在底下辯證詩句，卻是以兩首詩的觀點進行各詩中異字的考證，因此聞一多認為：

> 心魂畏虛（一作靈，宋本作虛）室。

> 主人門外（一作山人山門，宋本作主人山門）綠，爛熳（漫字從水，宋本不誤）從天涯。〔註141〕

〔註140〕此可參考呂珍玉：《詩經訓詁研究》，臺北：文津出版社，2007 年，頁 251～273。筆者碩士論文《聞一多《詩經》詮釋研究》，臺南：成功大學中國文學系，2007 年，頁 113～192，均說明聞一多任意改字所造成的缺失。

〔註141〕聞一多：《聞一多全集・7》，頁 796。

先依《常建詩集》中的原文呈現第一首詩「旬時結陰霖，簾外初白日。齋沐清病容，心魂畏虛室。閑梅照前戶，明鏡悲舊質。同袍四五人，何不來問疾」〔註142〕以及第二首詩「行藥至石壁，東風變萌芽。主人山門綠，小隱湖中花。時物堪獨往，春帆宜別家。辭君向滄海，爛漫從天涯。」〔註143〕從這兩首詩來看，詩中並未明顯提到雨中行藥的情形，反倒是在第一首很清楚明白說出了詩人的病容，又第一首末句提到「何不來問疾」更切合詩題「閑齋臥病」的意涵。

就詩句來看，第一首以「虛室」為佳，第二首「山人山門」用字不合格律，而且重用「山」字，「主人山門」亦不合格律，只有「主人門外」符合格律，「綠」字形容門外的景色，狀溢目前。「爛熳」兩字為聯綿詞，宋本從水部「漫」字，聯綿詞是聲音構成詞，形無定寫，聞一多說宋本也沒錯，他改成火部，是因為上字「爛」從火旁，下字因上字而改偏旁，他的改字當然也沒錯，但好像沒多大必要，因為聯綿詞本來就形無定寫，好像「展轉」，「展」習慣加車旁一樣。

常建另外一首〈空靈山應田叟〉，聞一多仍依文意上下文判字，論《天祿琳琅叢書》影印宋臨安本《常建詩集》裡的用字有誤〔註144〕，例如：「土（宋本誤士）俗不尚農」、「曳（宋本作拽）策背（宋本誤皆）落日」，並將原詩呈現如下：

> 湖南無村落，山舍多黃茆。淳樸如太古，其人居鳥巢。牧童唱巴歌，野老亦獻嘲。泊舟問溪口，言語皆啞咬。土俗不尚農，豈暇論肥磽。莫傜射禽獸，浮客烹魚鮫。余亦罘罝人，獲麋今尚苞。敬君中國來，願以充其庖。日入聞虎鬥，空山滿咆哮。懷人雖共安，異域終難交。白水可洗心，采薇可為肴。曳策背落日，江風鳴梢梢。（常建〈空靈山應田叟〉，《全唐詩》卷一四四，頁1463。）

此詩從聞一多所訂正的字，依句看上下文，便可知道「土俗不尚農」

〔註142〕唐・常建：《常建詩集》，卷上，天祿琳琅叢書景宋臨安本。
〔註143〕唐・常建：《常建詩集》，卷上。
〔註144〕唐・常建：《常建詩集》，卷上。

應從前八句而來，全寫居住環境純樸自然，沒有華麗的宮廷建築，只有用茅草所搭建的陋屋，人民的生活以放牧、漁獵為主，所使用的語言文字均是鄉野俗話，故此「土俗」應作「本地」解，即本地不興農業，哪裡還得問土壤的肥磽，所以今日以漁獵所獲供客享用。聞一多亦對此詩中其他異字的用法，若覺得兩者皆可，則僅列出另外版本所列的字，例如：山舍多黃茆（宋本作茅）、豈暇論肥磽（宋本作确）、空山滿咆哮（宋本作哮哮）、采薇可爲肴（宋本作殽）等〔註145〕，皆能保存異字的現象。

再讀〈泊舟盱眙〉一詩，聞一多認爲首句「泊舟淮（宋本誤雎）水次」〔註146〕，從題目〈泊舟盱眙〉推斷，既然是泊舟，必然和江河有關，再從詩句來看，歷來僅有淮水之稱而無雎水之名，故此應爲形訛，聞一多所校是也。

聞一多善以約定俗成的語言解讀詩中詞語，以李嘉祐的〈春日淇上作〉爲例，聞一多認爲此詩「清明桑葉小，度雨杏花稀。」中的度雨依《優古堂詩話》作穀雨，而且認爲「校：度雨，《優古堂詩話》作穀雨，勝。」〔註147〕此詩描寫春天時淇水畔一派美景，貴族男女穿著華麗衣衫出遊情貌。聞一多以格律詩講求對偶，清明、穀雨，都是二十四節氣，彼此相對；而且清明緊接著是穀雨，這兩個節氣屬於暮春時節，穀雨過完，立夏就來臨了，杏花此時也稀稀疏疏快要掉光。聞一多從穀（kuk）「古祿切」、度（du）「徒故切」〔註148〕音近可以

〔註145〕聞一多：《聞一多全集・7》，頁799。

〔註146〕聞一多：《聞一多全集・7》，頁800。

〔註147〕聞一多：《聞一多全集・7》，頁804。

〔註148〕此依王力音韻系統標音，「度」之切韻爲「徒故切」，高本漢擬音作「dʱuo」，王力作「du」，董同龢作「dʱuo」，周法高作「duo」；「穀」之切韻爲「古祿切」，高本漢、王力、董同龢與周法高皆擬音作「kuk」。切韻可見《新校正切宋本廣韻》，頁367、449。擬音系統可以臺灣大學中國文學系和中央研究院資訊科學研究所共同開發的「漢字古今音資料庫」爲參考依據，此乃依李珍華、周長楫編撰《漢字古今音表》，頁115、21採王力之擬音系統。

通假，因而改「度」爲「穀」，經過改讀之後，詩意就流暢可通了。

　　另外，王建〈秋千詞〉詩中的「少年兒女重秋千」，聞一多認爲汲古閣《唐六名家集》本周心如批校明嘉靖本校中作「女兒」，因而認爲「兒女，毛、周並作女兒，此誤倒，驗詩意甚明。」〔註149〕聞一多所謂的驗詩意即是「身輕裙薄易生力，雙手向空如鳥翼」，身輕裙博，乃女子盪鞦韆形貌。而且古籍多載女子盪鞦韆，例如《荊楚歲時記》載：「正月……又爲打毬、鞦韆之戲。……中國女子學之……」〔註150〕，又《事物紀原》一書曾錄《古今藝術圖》云：「鞦韆本北方山戎之戲，以習輕戲者；後中國女子學之。乃以踩繩懸木立架，士女炫服，坐立其上推引之，名曰鞦韆。」〔註151〕可見鞦韆主要提供女子的遊戲，聞一多改「兒女」爲「女兒」不誤。當然若從古漢語複合詞中有一類偏義複合詞來看，則「兒女」可以偏義在「女」，亦無須改字。〔註152〕

　　聞一多不僅校正文字，亦對文詞的異字現象有所解釋，茲舉王建的〈送吳（一作李。校：毛、周並作吳）郎中赴忠〉爲例：

　　　州遙（一作巡）邊（一作遙裝，一作搖鞭。校：毛、周作巡邊，是。遙邊、遙裝、搖鞭皆非）過驛近，朝野（一作達）憑人（一作朝達留詩。校：毛、周並作朝野憑人，是。朝達與朝達留詩注當刪）別，山頭卓（一作丘。校：卓是卓拄，立也。韋莊〈春陌〉詩：「滿街芳草卓香車」，牛嶠詞作「晴街春色香車立」。毛、周並作卓）望旗。〔註153〕

此詩「遙邊過驛近」又作「巡邊過驛近」、「遙裝過驛近」、「搖鞭過驛近」，聞一多認爲周本作「巡邊過驛近」爲是，其他則非，即「遙邊」、

〔註149〕聞一多：《聞一多全集・7》，頁817。
〔註150〕南北朝・宗懍：《荊楚歲時記》，《文淵閣四庫全書》，頁589～5。
〔註151〕《古今藝術圖》一語收入於宋・高承：《事物紀原》，卷八，。
〔註152〕此類偏意複合詞如曹植〈贈白馬王彪〉「憂思成疾疢，無乃兒女仁」、王勃〈送杜少甫之任蜀州〉「無爲在歧路，兒女共沾巾」句中兒女皆偏義於女。
〔註153〕聞一多：《聞一多全集・7》，頁822。

「遙裝」、「搖鞭」，皆不成詞，「巡邊」即是巡視邊防，依《史記・匈
奴列傳》：「是時天子巡邊，至朔方。」〔註154〕和《舊唐書・玄宗紀
上》：「兵部尚書張說往朔方軍巡邊。」〔註155〕再從對句來看，「巡邊
過驛近」下一句是「買藥出城遲」，巡對買，邊對藥，詞性相對，聞
一多所言是也。再者「朝野憑人別」，又作「朝達憑人別」，仍依詞判
別，應作朝野不作朝達，朝達不成詞，更與此詩首句「西臺復南省」
無法相應，此詩寫吳郎中離開朝廷往忠州，從在朝到在野，就在此次
離別。聞一多又認為「山頭卓望旗」勝於「山頭丘望旗」一詞，這裡
若說「山頭丘」似乎不成詞，山頭已是高處，故不需贅加「丘」字。
若用「卓」字，《說文》：「卓，高也。」是個狀詞，也可以引申為「遠」，
站在山頭遠望旗幟，如此前句問「何處中州界」？看不見中土的界標，
當然要登上山頭遠望才能看見了。聞一多以作「卓望旗」為是，不誤。
但引韋莊詩和牛嶠詞，釋「卓」為卓挂、立也。說成立在山頭望旗幟，
詩義雖通，卻不如釋為「遠」尤切詩意。

　　韋應物的〈淮上喜會梁川故人〉一詩，歷來傳抄不同，所以仍有
異文，聞一多對此改字校字，認為此詩「何因北歸去」之「北」為「一
作不。校：當從盧校作不」〔註156〕，此處他據盧文弨《群書拾補》用
宋本韋集校余懷本校勘。他依照上下詩意，說明韋應物不北歸的原因，
原來如題所言〈淮上喜會梁川故人〉，又可與頸聯「歡笑情如舊，蕭疏
鬢已斑」應合。此詩末句為「淮上對秋山」，他認為「一作有。校：當
作有」，依他之見是把「淮上有秋山」視為一具有主、動、補的語義完
足句，以此回答上句的「何因不歸去？」故依此校字，詩意可通也。

（二）疑字

　　聞一多對某些詩題和詩作的用字，發前人所未見，認為這些字有

〔註154〕漢・司馬遷：《史記・匈奴列傳》，卷一百十，《文淵閣四庫全書》，
　　　　　頁244～751。
〔註155〕五代・劉昫：《舊唐書》，卷八本紀第八，頁183。
〔註156〕聞一多：《聞一多全集・7》，頁849。

誤，但又找不到改字的理由，於是就標以「疑當作」、「疑字誤」、「疑
誤」之類。例如：

岑參〈題觀樓〉（疑當作關樓）〔註157〕

〈梁州陪趙行軍龍岡寺北庭泛舟宴王侍御〉（案庭疑字誤）
〔註158〕

首先來看〈題觀樓〉一詩，「關樓」是城上供瞭望用的小樓，崔顥有
一詩為〈五月四日送王少府歸華陰〉：「仙掌分明引馬頭，西看一點是
關樓。」又《資治通鑑・漢光武帝建武九年》：「橫江水起浮橋、關樓，
立欑柱以絕水道。」胡三省注：「『關樓』范《書》作『關樓』，猶今
城上敵樓也。」〔註159〕可見「關樓」一詞已然成為專有名詞，此詩
「荒樓荒井閉空山，關令乘雲去不還。羽蓋霓旌何處在，空留藥臼向
人間。」（《全唐詩》卷二〇一）詩人登樓遠望，談述曾經發生戰爭的
地點，有今昔之感，聞一多改為關樓，頗符詩人登樓，憑弔關樓古蹟
感傷情懷。若仍詩題作「觀樓」，僅是一般觀景樓臺，無法表達詩之
情境與登臨弔古情懷。此外，唐詩中常見「關樓」一詞，例如：司空
曙〈關山月〉「關樓宿邊客」、苗晉卿〈奉和聖制早登太行山中言志〉
「關樓前望遠」，又從岑參的作品來看，以「關樓」入詩的有〈五月
四日送王少府歸華陰〉「西看一點是關樓」，以「關樓」入題的有〈題
鐵門關樓〉，因此聞一多改字有相當理據。

　　第二首，岑參〈梁州陪趙行軍龍岡寺北庭泛舟宴王侍御〉，此詩
為「誰宴霜臺使，行軍粉署郎。唱歌江鳥沒，吹笛岸花香。酒影搖新
月，灘聲眠夕陽。江鐘聞已暮，歸櫂綠川長。」（《全唐詩》，卷二〇
〇）詩題是岑參陪趙行軍遊龍山寺又在北庭泛舟並宴請王侍御，內容
對江上風光有不少著墨。據陳鐵民、侯忠義《岑參集校注》附錄〈岑

〔註157〕聞一多：《聞一多全集・7》，頁805。
〔註158〕聞一多：《聞一多全集・7》，頁806。
〔註159〕宋・司馬光撰、胡三省音注：《資治通鑑》，卷四十二，北京・中華
　　　　出版1956年，頁1361。

參年譜），此詩和另一首〈陪群公龍岡寺泛舟（得盤字）〉同作於大曆元年，岑參入蜀途中作〔註160〕，校錄者附上岑參此年行跡：

> 歲初在長安。二月，詔相國杜鴻漸爲山南西道、劍南東西川副元帥、劍南西川節度史以平蜀亂。杜表參爲職方郎中，並侍御史，列於幕府，遂同入蜀。二月至四月，留滯梁州。四月，南行入蜀。六月，過劍門。七月，抵成都。〔註161〕

〈陪群公龍岡寺泛舟（得盤字）〉「漢水天一色，寺樓波底看。鳴鐘長空夕，月出孤舟寒。映酒見山火，隔簾聞夜灘……」對江上風光亦有諸多描繪，從首句知道他們泛舟的江是漢水。對照年譜知道兩詩應是作於那年二至四月，留滯梁州時。此外，劉開揚也認爲「岑參生平僅此年春夏在梁州，自當屬之本年。」〔註162〕梁州，唐武德元年（618年）復置，轄境在今陝西漢中、城固、南鄭、勉縣等縣市，及寧強縣北部地區，並非屬於隴右道的北庭都護府。岑參遊歷處有漢水、龍岡寺、北庭，聞一多懷疑「庭」字誤，劉開揚更進一步校注「北庭」疑爲北江或北川之誤〔註163〕，由此來看「庭」字誤有一定道理，雖無法知道正確地名，亦見聞一多讀書心細，常有卓見。

另外，從詩作方面，聞一多也覺得有些用字可疑，卻未見歷代詩話加註說明，故於《全唐詩校勘記》中提出，就先以王建的詩作來看，並列聞氏說法如下：

> 〈早發金堤驛〉秋風徹經脈，（徹，周同，毛作轍，疑誤。）唯願在（一作住）貧家。（一作在家貧。毛作在貧家，周作在貧貧，周誤。）〔註164〕
>
> 〈貧居〉避雨拾（一作濕。校：拾字是，注當刪）黃葉。（一作避濕堆黃葉。校：注當刪，疑拾僞濕，文義不屬，後人

〔註160〕陳鐵民、侯忠義：《岑參集校注》，上海：上海古籍出版社，1981年，頁318。

〔註161〕陳鐵民、侯忠義：《岑參集校注》，頁499。

〔註162〕劉開揚：《岑參詩集編年箋註》，頁625～626。

〔註163〕劉開揚：《岑參詩集編年箋註》，頁626。

〔註164〕聞一多：《聞一多全集・7》，頁815。

遂臆改此句耳。）〔註165〕

〈斜路行〉誰將古曲換斜音。（斜疑涉下句斜字誤，正當作
邪）〔註166〕

首先來看〈早發金堤驛〉一詩，「秋風徹經脈」句，汲古閣毛晉作「秋
風轍經脈」，聞一多不敢斷定毛版有誤，故言「疑誤」，就句意來看，
「徹」是也，實指秋風由皮貫徹進入經脈，即秋風寒徹砭骨。

　　再讀〈貧居〉一詩，有版本作「避雨濕黃葉」，意思不通，聞一
多認為原詩應是「避雨拾黃葉」，如此則達意。後人又有因此臆改為
「避濕堆黃葉」，則更不達意。「避雨拾黃葉，遮風下黑簾」，「雨」對
「風」，「拾」對「下」詞性名、動兩兩相對。若改為「避濕堆黃葉」，
將無法風、雨工對；而且詩意是說防下雨先拾黃葉以備柴薪之用，若
改為「堆」字就難以傳意了，聞一多批評這些人臆改，有一定的道理。
不過前人改為「堆」字，則是為了避免「避雨拾黃葉」句犯孤平的緣
故，但這樣一來，詩義與格律卻無法兼顧。

　　〈斜路行〉一詩，聞一多認為「誰將古曲換斜音」受到下句「回
取行人斜路心」的影響，而將「邪」字作「斜」，本應作「邪音」才是。
詩作為「九衢大道人不行，走馬奔車逐斜路」、「斜路行熟直路荒，東
西豈是橫太行」，寫世間風俗漸衰，以路的斜隱喻人心之邪。聞一多以
「邪音」代「斜音」兩字，正是《荀子・樂論》「故禮樂廢而邪音起者，
危削侮辱之本也。」〔註167〕禮樂廢道德敗壞，邪音興起，是國家危險
削弱的根本。聞一多疑涉下句斜字誤，校勘有據，能說服人。

　　有關韋應物的詩作校勘，盧文弨《群書拾補》一書是採用宋本
韋集校余懷本，聞一多校勘韋應物的詩作，採用盧本校《全唐詩》，
而且也把盧氏的看法一併列入。首先來看〈陪王郎中尋孔微君〉一

〔註165〕聞一多：《聞一多全集・7》，頁819。
〔註166〕聞一多：《聞一多全集・7》，頁825。
〔註167〕清・王先謙：《荀子集解》，《新編諸子集成》，北京・中華書局出版
　　　　社，1992年，頁380。

詩：

> 俗吏閑（校：閒僞）居少，來訪竹林歡（校：盧作觀，疑
> 誤。）〔註168〕

聞一多以「閑」爲本字，「閒」爲僞字，又他懷疑「來訪竹林歡」，盧本作「歡」作「觀」疑誤。從詩意看，「俗吏閑居少」的下一句是「同人會面難」，「閑」應同「閒」，言俗吏事多不得閒，所以「同人會面難」。《說文》：「閑，闌也。从門，中有木。」〔註169〕「閑」字本義爲「闌」。「閒」，段注《說文》：「隙也。隙者，壁際也。引申之，凡有兩邊有中者皆謂之隙。隙謂之閒。……。閒者，稍暇也。故曰閒暇。今人分別其音爲戶閑切。或以閑代之。……从門月。會意也。門開而月入。門有縫而月光可入。皆其意也。古閑切。十四部。」〔註170〕表閒暇義之本字作「閒」，而非「閑」。後以閑代閒，同音通假。聞一多改字校勘，用其通假之字，不如原文。

聞一多又提到此詩的第四句應作「來訪竹林歡」，而非「來訪竹林觀」，這是對的。此詩第三句爲「偶隨香署客」，雖然從平仄方面無誤，但是從詩意來看，「歡」字勝於「觀」字，可以凸顯前一聯朋友聚少離多，難得一聚的激動。盧改爲「觀」字，詩意頓時索然無味，聞一多從上下文指出盧校本之失，甚是。

二、形訛辨僞

古籍中常見因字形相近，傳抄或印製發生訛誤現象，這就更需要校勘來幫助，以探求本字了。清代王念孫爲其中高手，他的《讀書雜志》即爲典範之作。聞一多對唐詩的校勘，常用本校、對校、理校，較理，對形訛之字予以勘正。首先看岑參的〈郡齋南池招楊轔〉，聞一多以四部叢刊景明正德本的《岑嘉州詩》作異字比對，認爲這首詩

〔註168〕聞一多：《聞一多全集‧7》，頁853。
〔註169〕漢‧許慎：《說文解字》，卷十二上，《文淵閣四庫全書》，頁223～309。
〔註170〕清‧段玉裁《說文解字注》：卷十二篇上，頁517。

頸聯：

　　　周（校：周誤，正德濟南本正作同）官情又親。〔註171〕

「周官情又親」應作「同官情又親」，《岑嘉州詩》，正作「同官情又
親」，再從整聯來看，詩作「與子居最近，同官情又親」，「同」、「與」
正相對，聞氏的校勘是也。

　　再看另一首〈田使君美人舞如蓮花北鋋歌（此曲本出北同城）〉，
聞一多論此樂府詩第七句：

　　　慢（校：曼之譌。劉孝綽詩：「迴羞出曼臉」，庾信詩：「向

　　　人長曼臉」）臉嬌娥纖復穠。〔註172〕

以「慢」爲「曼」之訛，但是查《岑嘉州詩》、《唐音》、《唐音癸籤》、
《全唐詩錄》，全作「慢」字。聞一多引用劉孝綽、庾信的詩作，以
爲「曼臉」是熟語，但他所舉的這些詩作，也有文籍作「慢臉」，例
如：《初學記》、《錦繡萬花谷》載劉孝綽詩爲「迴羞出慢臉」〔註173〕，
《文苑英華》、《海錄碎事》皆作「迴羞出慢臉」〔註174〕，甚至《玉臺
新詠考異》一書未對「迴羞出慢臉」的「慢」字有任何的論證。相對
的也有一些文籍作「曼臉」，例如《古詩紀》、《淵鑑類函》均作「迴
羞出曼臉」〔註175〕，清・吳兆宜註《庾開府集箋注》卷四引用劉孝綽
詩：「回羞出曼臉」註解庾信詩的「向人長曼臉」〔註176〕，再考庾信

〔註171〕聞一多：《聞一多全集・7》，頁805。
〔註172〕聞一多：《聞一多全集・7》，頁805。
〔註173〕此可參見唐・徐堅：《初學記》，卷十五，《文淵閣四庫全書》，頁890
　　　　～325。宋代《錦繡萬花谷》，後集卷三十二，頁647（此書目前只
　　　　存有年代、書名和內容，作者不詳）。
〔註174〕此可參見宋・李昉：《文苑英華》，卷二百十三，頁1259。宋・葉廷
　　　　珪：《海錄碎事》，卷七，頁253。
〔註175〕此可參見明・馮惟訥：《古詩紀》，卷九十七・梁第二十四，《文淵
　　　　閣四庫全書》，頁1380～196。此爲〈同武陵王看妓〉的詩句。清・
　　　　張英、王士禎、王惔等人編撰：《淵鑑類函》，卷一百八十七，北京・
　　　　中國書店，1985年。
〔註176〕清・吳兆宜註：《庾開府集箋注》，卷四，臺北・臺灣商務印書館發
　　　　行，1983年，頁107。

詩的「向人長曼臉」，未有詩集作「慢臉」。在《玉臺新詠》中除了南朝梁劉孝綽以「慢臉」為詩，劉遵亦有一詩〈繁華應令〉作「慢臉若桃紅」。〔註177〕《樂府詩集》中亦載有吳均〈小垂手〉「蛾眉與慢臉」〔註178〕，但在《古詩紀》中卻作「蛾眉與曼臉」〔註179〕清・檀萃《草堂外集》引劉遵〈繁華應令〉「曼臉若桃紅」註解徐愛盧〈桃花賦〉「未散深紅猶含淺紫，凝眄而笑春風，微顰而對流水，遮藏葉底美人頰面，佯羞嬝娜枝頭，少女花容自喜」〔註180〕知道曼臉是女子在雙頰塗粉，臉色粉嫩如桃花，擁有一張好看的臉。從上面文獻記載可知「慢臉」和「曼臉」在典籍中用字是十分混亂的。

　　「慢臉」和「曼臉」何者為其正字，可依《說文》：「慢，惰也。從心曼聲。一曰不畏也。」〔註181〕又《廣韻》作「怠也，居也，易也」〔註182〕的說法來看，「慢」指一個人的態度怠惰。「曼」《說文》「引也。從又冒聲。」〔註183〕《重修玉篇》曰：「長也。」〔註184〕《詩・魯頌》「孔曼且碩」，《傳》曰：「曼，長也。」《箋》云：「曼，脩也，廣也」。〔註185〕《漢書・司馬相如傳》曰：「鄭女曼姬」，顏師古注：「曼者，言其色理曼澤也。」王先謙補注：「鄭女曼姬猶言美女美姬耳。」〔註186〕。准此「曼」有脩、長、廣、曼妙之意，以作「曼」

〔註177〕南朝陳・徐陵：《玉臺新詠》，卷八，《文淵閣四庫全書》，頁 1331～693。
〔註178〕宋・郭茂倩：《樂府詩集》，卷七十六，臺北・世界書局，1961 年，頁 1763。
〔註179〕明・馮惟訥：《古詩紀》，卷七十七・梁第四，《文淵閣四庫全書》，頁 1380～26。此為〈小垂手〉之詩句。
〔註180〕清・檀萃：《草堂外集》，卷二，《續修四庫全書》，頁 1445～178。
〔註181〕漢・許慎：《說文解字》，卷十下，《文淵閣四庫全書》，頁 223～284。
〔註182〕宋・陳彭年等重修、林尹校訂：《重修廣韻》，臺北：黎明文化，2001 年，頁 405。
〔註183〕漢・許慎：《說文解字》，卷三下，《文淵閣四庫全書》，頁 223～125。
〔註184〕宋・陳彭年：《重修玉篇》，卷七，頁 68。
〔註185〕見唐・孔穎達等疏：《毛詩注疏・大雅》，卷十六，頁 1261。
〔註186〕漢・班固撰、唐・嚴師古注、清・王先謙補注：《漢書補注・司馬相如傳》，卷二十七上漢書五十七，頁 2288。

爲長，曼臉嬌娥是美貌女子，聞一多改「曼」字，是也。

　　再看岑參的另外兩首詩作，聞一多從判題的立場來看，其論證如下：

　　　〈崔倉曹席上送殷寅充石相判官赴淮南〉（案唐宰相無姓石者，此必元字之誤，蓋謂元載也。）〔註187〕

　　　〈成王挽歌〉（案：成當作盛）〔註188〕

第一首題目原作「崔倉曹席上送殷寅充石相判官赴淮南」，聞一多認爲唐代宰相無姓石者，當作爲元載之元。但是《岑嘉州詩》、《唐詩品彙》等書仍作「崔倉曹席上送殷寅充石相判官赴淮南」，首先來將此題分成以下幾個部分：「崔倉曹」、「席上」、「送殷寅充石相判官」、「赴淮南」，又《唐詩鏡》評論王維〈送元二使安西〉（又作〈渭城曲〉）一詩「語老情深，遂爲千古絕調，如岑參送殷寅：『清淮無底綠江深……』同此一意相去遠矣。故詩以老鍊爲佳。」〔註189〕即可以知道此時岑參是在崔倉曹的宴席上送殷寅前往淮南之地。關於「送殷寅充石相判官赴淮南」一詞的相關句型有劉長卿的〈送裴使君赴荊南充行軍司馬〉與〈送侯御赴黔中充判官〉、王維〈送宇文三赴河西充行軍司馬〉，詩題中「充」字有充任、擔任之意，再查判官一詞有岑參〈送楊錄事充潼關判官〉、孫逖〈送李補闕攝御史充河西節度判官〉、劉長卿〈送嚴侍御充東畿觀察判官〉、楊巨源〈送許侍御充雲南哀冊使判官〉、許棠〈送徐侍御充南詔判官〉，這些「判官」前之定語多爲地名或官職名，以說明是何處判官（如潼關），或何人手下的判官（如河西節度、東畿觀察、雲南哀冊使），因此「石相判官」，石相既可能是地名，也可能是官職名。無法查到唐代是否有「石相」地名？聞一多或以詩作「清淮無底綠江深：宿處津亭楓樹林。馹馬欲辭丞相府，一樽須盡故人心。」第三句出現「丞相」，唐代無石姓丞相，元、石形近，而以爲殷寅當元載丞相的判

〔註187〕聞一多：《聞一多全集‧7》，頁805。

〔註188〕聞一多：《聞一多全集‧7》，頁807。

〔註189〕明‧陸時雍：《唐詩鏡‧盛唐第二》卷十。

官，以此爲校勘依據。但元、石字形是否接近到容易致誤，還是可以再斟酌有無他字訛誤之可能？根據陳鐵民、侯忠義《岑參集校注》一書中所附錄的〈岑參年譜〉，考訂此詩作於他四十九歲時，即西元七六三年癸卯年代宗廣德元年所作，詩題爲〈崔倉曹席上送殷寅充右相判官赴淮南〉，誠如劉開揚《岑參詩集編年箋註》考訂此詩，援引岑仲勉的說法，「石相乃右相之訛」，又以《舊唐書》論元載僅上官一月有七日，其時岑參尚在華州，廣德元年時已由劉晏任官〔註190〕，以石相爲元載之說便不攻自破。是故，「石相」作「右相」，「右」、「石」字形比「元」更爲近似易訛，當以右相爲是。

　　再看第二首的詩題，原作〈成王挽歌〉，聞一多認爲應是「盛王挽歌」，於此他並未提到任何參考的依據，其原詩作「幽山悲舊桂，長阪愴餘蘭。地底孤燈冷，泉中一鏡寒。銘旌門客送，騎吹路人看。漫作琉璃碗，淮王誤合丹。」此依陳鐵民、侯忠義《岑參集校注》一書中所附錄的〈岑參年譜〉「五十歲，在長安。改考功員外郎。尋轉虞部郎中」於西元七六五年甲辰代宗廣德二年三月作〈盛王挽歌〉〔註191〕，此處所談的盛王即是玄宗之子，李琦「玄宗第二十一子也。壽王母弟，初名沐。十三年三月，封爲盛王。」〔註192〕，至代宗時「廣德二年四月薨，贈太傅。」〔註193〕因此以〈成王挽歌〉當作〈盛王挽歌〉，是也。

　　聞一多又校勘王建的詩作，有〈白紵歌〉、〈贈崔礼駙馬〉兩首詩，茲錄他對〈白紵歌〉之論證如下：
　　　　〈白紵歌〉後庭歌聲更窈窕。（窈，窈誤。毛、周並正。）
　　　〔註194〕

〔註190〕劉開揚箋註：《岑參詩集編年箋註》，成都：巴蜀出版發行，1995年，549～550。

〔註191〕陳鐵民、侯忠義《岑參集校注》附錄〈岑參年譜〉，臺北：漢京文化事業有限公司，1985年。

〔註192〕五代・劉昫：《舊唐書》，卷一百七列傳五十七，頁3268。

〔註193〕五代・劉昫：《舊唐書》，卷一百七列傳五十七，頁3268。

〔註194〕聞一多：《聞一多全集・7》，頁818。

首先來看第一首〈白紵歌〉，聞一多認為「窍」為窈之誤，但實際上窍為窈之異體字，《御定淵鑑類函》卷五十五〈藝能〉中提到「善鼓琴」就以「分刌節度窮極窍眇」作註解〔註195〕，《石倉歷代詩選》卷一百八十載有宋・朱松〈芭蕉〉「窍窕雲霧窗，參差冰玉膚」，卷四百三十七載有明・樊阜〈挽趙母薛夫人〉「嗟嗟趙貞母，窍窕從母儀」、〈正統已巳年麗寇至縉雲，大肆摽掠延殺無辜鄉氓趙氏女，自經死鍾氏婦墮南巖宛，予特賦其事〉「誰云女質柔弗剛，格之孫窍窕娘。雪膚雲鬢嬌春陽，羅襦濕淚收殘粧。」〔註196〕《文苑英華》卷四十四唐・李庚〈兩都賦并表〉「繽紛宦閭，窍窕嬪林。」〔註197〕就連《全唐詩》卷四十七張九齡〈入盧山仰望瀑布水〉「雷吼何噴薄，箭馳入窍窕」、〈郢城西北有大古冢數十，觀其封域，多是楚時諸王，而年代久遠不復可識。唯直西有樊妃冢，因後人為植松柏，故行路盡知之〉「千春思窍窕，黃鳥復哀音」，卷四八〈滇陽峽〉「行舟傍越岑，窍窕越溪深」〈帝京篇〉「桂殿嶔岑對玉樓，椒房窍窕連金屋」，卷四百十三元稹〈送友封〉「心斷洛陽三兩處，窍娘堤抱古天津」以及卷五百三十九李商隱〈石城〉「石城誇窍窕，花縣更風流」、〈西溪〉「色染妖韶柳，光含窍窕蘿」，皆作「窍」，可知「窍」在歷代的文學中向來當作「窈」的異體字來看，故此處無須校正，僅作異體字現象來看即可。

在〈贈崔礼駙馬〉，聞一多為「崔礼」校勘，他的論證如下：

（案《唐書》，肅、代諸宗時，駙馬無崔礼其人，順宗東陽公主下嫁崔杞。恐作杞是。案禮俗書作礼，與杞形近，蓋杞誤為礼，又改為禮。此是崔杞無疑。）〔註198〕

他說「禮」的俗字為「礼」，「礼」和「杞」形近致訛，崔杞誤作崔礼，又被改為崔禮。《全唐詩》即因這樣展轉致誤，仍寫成〈贈崔礼駙馬〉。

〔註195〕清・王士禎、張英：《御定淵鑑類函》，卷五十五。
〔註196〕明・曹學佺：《石倉歷代詩選》，卷一百八十、卷四百三十七，《文淵閣四庫全書》，頁1389～520、1389～778。
〔註197〕宋・李昉：《文苑英華》，卷二百十三，頁220。
〔註198〕聞一多：《聞一多全集・7》，頁822。

經查《新唐書》卷五十六「大理少卿崔杞奏曰：『國家法度，高祖、太宗定製二百余年矣。……』乃罷之。」《舊唐書》卷十七下談述文宗大和十二年六月：「戊申，以將作監、駙馬都尉崔杞爲兗海沂密觀察使。」確實無崔礼或崔禮其人，聞一多的校正是也。

三、增補漏字

聞一多曾經評論清朝所編製的《全唐詩》其訛誤和漏載的篇什爲數不少，除了校勘《全唐詩》中文字的訛誤外，他亦對漏字進行增補，以下針對聞一多增補漏字詩作進行說明，首先來看岑參的詩作：

〈送宇文舍人出宰元縣〉（得陽字）（案：元縣當作元城縣。）
〔註199〕

聞一多認爲此詩題少一「城」字，此詩亦收錄在《岑嘉州詩》、《唐百家詩選》、《事類備要》、《事文類聚》、《唐詩拾遺》等書中，均將詩題名爲〈送宇文舍人出宰元城〉，再查《全唐詩》卷二百亦作〈送宇文舍人出宰元城〉。陳鐵民和侯忠義所校注的岑參編年詩集，在《岑參集校注》一書中曾提及此詩約作於天寶十一載至十三載，岑參居長安時所作，詩題中「宰元城」即是任元城縣令，在此書又談到元城即今日「河北省大名縣東」〔註200〕，故此處可依歷代詩集所錄詩題作〈送宇文舍人出宰元城〉。

再看聞一多校勘〈與鮮于庶子自梓州成都少尹自褒城同行至利州道中作〉詩題如下：

案：少尹上疑有成字，涉上文成字而脫也。獨孤及有〈送成都成少尹赴蜀序〉，本集又有〈酬成少尹駱谷行見呈〉、〈漢川山行呈成少尹〉二詩，並即一人，合觀三詩自明。獨孤及序曰：「歲次乙巳〔案代宗永泰元年〕，定襄郡王英义，出鎮蜀，謀亞相。僉曰右司郎成公可。」《文苑英華》有成

〔註199〕 聞一多：《聞一多全集・7》，頁806。
〔註200〕 以上說法可參見陳鐵民、侯忠義：《岑參集校注》，上海：上海古籍出版社，1981年，頁129。

賁〈對夷攻蠻假道判〉，云大曆時人，官左司員外郎。石刻
〈唐郎官石柱題名〉左司員外郎有成賁，即此人也。〔註201〕

這段文字採用本校法證得「少尹」即「成少尹」，又援用史證說明「成少尹」實有其人，但是查《全唐詩》和《岑嘉州詩》題為〈與鮮于庶子自梓州成都少尹自襄城同行至利州道中作〉，在少尹前未加「成」。《岑參集校注》論「『成都少尹』疑指成賁」〔註202〕，並在〈岑參年譜〉中提到岑參五十一歲時，「出為嘉州刺史。因蜀亂，行至梁州而還」〔註203〕，此時曾作〈酬成少尹駱谷行見呈〉，即本年十一月赴蜀途中作，又於五十二歲時「四月，南行入蜀。六月，過劍門。七月。抵成都」〔註204〕，另作〈漢川山行呈成少尹〉一詩。岑參於代宗永泰元年和永泰二年四月至七月期間（此處不稱代宗大曆乃因代宗於永泰二年十一月始改大曆元年），多與成少尹交遊，岑參亦曾與另一位少尹交遊，乃於岑參三十九歲時，於玄宗天寶十二年間，曾有詩作〈趙少尹南亭送鄭侍御歸東臺〉，就時間前後來說，相差甚遠，固然非趙氏。再從《岑嘉州詩》中查有關「少尹」於卷一有〈酬成少尹駱谷見行呈〉和〈與鮮于庶子自梓州，成都少尹自襄城，同行至利州道中作〉兩首，卷三有〈漢川山行呈成少尹〉以及〈趙少尹南亭送鄭侍御〉兩首，因此根據岑參訂定詩題的情形，是習慣將少尹的姓氏標明出來的，聞一多增補「成」於少尹前，尤符岑參訂題習慣，而且見題即知人，於閱讀亦提供方便。

聞一多不僅對人名校補，亦校補專名的完整，此可見於他對劉長卿〈題元錄事開元所居〉的論證，其文如下：

開元下疑脫寺字，詩中「冒風歸野寺」句可證，又有〈集梁耿開元寺所居院〉一首。〔註205〕

〔註201〕聞一多：《聞一多全集・7》，頁806。
〔註202〕陳鐵民、侯忠義：《岑參集校注》，頁325。
〔註203〕陳鐵民、侯忠義：《岑參集校注》附錄〈岑參年譜〉，頁498。
〔註204〕陳鐵民、侯忠義：《岑參集校注》附錄〈岑參年譜〉，頁500。
〔註205〕聞一多：《聞一多全集・7》，頁803。

這段話指出〈題元錄事開元所居〉應作〈題元錄事開元寺所居〉，查《嚴陵集》卷一、《徽州府志》卷十一、《四庫全書考證》卷九十考證《嚴陵集》詩句，這幾本古籍皆作〈題元錄事開元寺所居〉，又聞一多考證此題詩句有「冒風歸野寺」可證得此處的開元應為寺名，聞氏的校補正確有據。

另外，聞一多認為費冠卿的〈酬范中丞見〉應在「見」字後增「惠」字，他根據典籍論證如下：

〈酬范（《康熙池州府志》作崔）中丞見（以下當依《唐詩紀事》及《康熙池州府志》增惠字）〔註206〕

他依據《唐詩紀事》及《康熙池州府志》兩書，於詩題〈酬范中丞見〉後應增一「惠」字，「見惠」是謝人祝贈的謙詞，唐詩詩題出現「見惠」的並不少見，例如：劉禹錫〈南海馬大夫見惠著述三通，勒成四帙，上自邃古，達于國朝，采其菁華，至簡如富，欽受嘉貺，詩以謝之〉、〈吳興敬郎中見惠斑竹杖兼示一絕，聊以謝之〉、杜牧〈歙州盧中丞見惠名醞〉、皮日休〈友人以人參見惠，因以詩謝之〉等，〈酬范中丞見惠〉是詩人對范（崔）中丞的應合往來，以感謝中丞見惠之禮。聞一多補上「惠」字，使詩題更為完整。

他又提到《康熙池州府志》作崔中丞而非范中丞，姓氏不同，詩人所酬謝的對象就有所不同。首先來看費冠卿的生平，《唐摭言》卷八曾論「費冠卿，元和二年及第，以祿不及親，永懷岡極之念，遂隱於九華。」〔註207〕可見費冠卿為唐憲宗元和年間的中唐詩人，再從詩人年代和詩作中所提及的對象，進行交叉比對，以證得最佳詮釋。

先看「范中丞」這個職位的來由，中丞是御史臺的官員，置「大夫一員，中丞二員……中丞之職掌持邦國刑憲典章以肅正朝廷。」〔註208〕中丞正四品下，所以中丞可有兩人。《全唐詩》中另有以「范中

〔註206〕聞一多：《聞一多全集‧7》，頁826。
〔註207〕五代‧王定保：《唐摭言》，卷八，臺北‧世界，1967年，頁92。
〔註208〕五代‧劉昫：《舊唐書》，卷四十四志第二十四，頁1862。

丞」為題的詩歌是鮑溶〈人日，陪宣州范中丞傳正與范侍御傳貞，宴東峰亭〉。鮑溶為中唐詩人，《唐才子》卷六曰：「溶字德源，元和四年韋瓘榜第進士。」〔註209〕可見費冠卿與鮑溶兩人的年代相差不遠，假若范中丞與他們同時，又與詩人之間有所往來，《全唐詩》中卻只有兩位詩人提到這位范中丞，實是可再思考題目中范中丞的身分。

筆者進一步查詢《全唐詩》中題「崔中丞」的詩歌，則有劉長卿〈夏中崔中丞宅，見海紅搖落，一花獨開〉、張謂〈早春陪崔中丞浣花溪宴得暄字〉、岑參〈早春陪崔中丞，同泛浣花谿宴〉、戎昱〈上湖南崔中丞〉、張南史〈和崔中丞中秋月〉、劉商〈哭韓淮端公，兼上崔中丞〉、柳宗元〈從崔中丞過盧少尹郊居〉、姚合〈送崔中丞赴鄭州〉與〈寄華州崔中丞〉、鄭巢〈題崔中丞北齋〉以及皎然的〈奉和崔中丞使君論李侍御萼登爛柯山，宿石橋寺效小謝體〉。這些詩人所處的年代有別，玄宗年間的有劉長卿和岑參，劉長卿生卒年各家說法相差甚遠，但可以確定的是「開元二十一年徐徵榜及第」〔註210〕，又岑參為「參，南陽人，文本之後。天寶三年趙岳榜第二人及第，累官左補闕、起居郎，出為嘉州刺史。」〔註211〕肅宗年間的有戎昱曾於「至德中以罪謫為辰州刺史」〔註212〕張南史「肅宗時，廟堂獎拔，仕為左衛倉曹參軍。後避亂寓居揚州揚子。難平再召，未及赴而卒。」〔註213〕德宗年間的有劉商「商，字子夏，徐州彭城人。擢進士第。貞元中，累官比部員外郎，改虞部員郎。」〔註214〕柳宗元「宗元，字子厚，河東人。貞元九年，稟論榜第進士。」〔註215〕另外，皎然活動於大曆、貞元年間，「貞元中，集賢禦書院取高僧集上人文十卷，藏

〔註209〕元・辛文房：《唐才子》，卷六，頁48。
〔註210〕元・辛文房：《唐才子傳》，卷二，頁12。
〔註211〕元・辛文房：《唐才子傳》，卷三，頁18。
〔註212〕元・辛文房：《唐才子傳》，卷三，頁26。
〔註213〕元・辛文房：《唐才子傳》，卷三，頁26。
〔註214〕元・辛文房：《唐才子傳》，卷三，頁36。
〔註215〕元・辛文房：《唐才子傳》，卷五，頁42。

之，刺史于頔爲之序。」〔註216〕憲宗年間的有姚合「合，陝州人，宰相崇之曾孫也。以詩聞。元和十一年，李逢吉知貢舉，有夙好，因拔泥塗，鄭解榜及第。」〔註217〕鄭巢「錢塘人，大中間舉進士，時姚合號詩宗，爲杭州刺史，巢獻所業，日遊門館，累陪登覽燕集，大得獎重，如門生禮然。」〔註218〕

由此來看，自玄宗開元二十一以後就曾出現崔中丞，一直到憲宗元和年間，其年代至少橫跨約有六、七十年。若查陳鐵民、侯忠義所編著的〈岑參年譜〉大曆二年，岑參於成都作〈早春陪崔中丞泛浣花溪宴〉，陳鐵民根據《資治通鑑》提到此時「杜鴻漸入朝奏事，以崔旰知西川留後。六月，鴻漸至長安，薦旰才堪倚任，上乃留鴻漸復知政事，參遂于是時赴嘉州刺史之任。」〔註219〕但這時崔旰爲西川兵馬使，故岑參所指稱的崔中丞並非崔旰。根據《舊唐書‧崔寧列傳》的記載可知崔旰即崔寧本人，其文曰：「崔寧，衛州人，本名旰。雖儒家子，喜縱橫之術。衛州刺史茹璋授旰符離令，既罷，久不調，遂客游劍南，從軍爲步卒，事鮮于仲通。」〔註220〕又《新唐書‧楊綰列傳》提到「綰儉約，未嘗問生事，祿稟分姻舊，隨多寡輒盡。……始輔政，御史中丞崔寬本豪侈，城南別墅池觀堂皇，爲當時第一，即日遣人毀之」〔註221〕崔寬爲崔旰之弟，《舊唐書‧楊綰列傳》卷一百一十九曾論：「御史中丞崔寬，劍南西川節度使寧之弟，家富於財，有別墅在皇城之南池館臺榭，當時第一。」〔註222〕正如前面所談到的，中丞可置二員，又根據鮑溶、費冠卿的年代與姚合等人同時，其中一人爲中丞者乃崔姓，並根據岑參所提到的崔中丞應指崔寬，又另

〔註216〕 元‧辛文房：《唐才子傳》，卷四，頁34。
〔註217〕 元‧辛文房：《唐才子傳》，卷六，頁51。
〔註218〕 元‧辛文房：《唐才子傳》卷八，頁66。
〔註219〕 陳鐵民、侯忠義：《岑參集校注》附錄〈岑參年譜〉，頁502。
〔註220〕 五代‧劉昫：《舊唐書》，卷一百一十七列傳第六十七，頁3397。
〔註221〕 北宋‧歐陽修、宋祁合撰：《新唐書‧楊綰列傳》卷一百四十二‧列傳第六十七，頁4665～4666。
〔註222〕 五代‧劉昫：《舊唐書》卷一百一十九列傳六十九，頁3435。

一人爲范姓中丞，不無可能。

　　聞一多以俗見的「新羅頭陀」熟語增以下詩題一個「羅」字，見如下：

　　　　〈寄新（疑脱羅字。顧非熊有〈寄紫閣無名新羅頭陀僧〉
　　　　詩，賀與非熊同時也）頭陀〉〔註223〕

聞一多認爲「新頭陀」應增一「羅」字，認爲周賀寫詩所寄之人應是「新羅頭陀」，又言周賀與顧非熊同時。筆者以此查考《全唐詩》卷五百三對周賀的介紹，可知「周賀，字南卿，東洛人。初爲浮屠，名清塞，杭州太守姚合愛其詩，加以冠巾改名賀。詩一卷。」（《全唐詩》，卷五百三，頁 5758。）賀初爲僧人，本名清塞，因姚合改名，故今稱之爲賀。又依《士禮居藏書題跋記》卷五「少年爲僧號清塞，與無可齊名。寶曆間，姚合爲杭州讀其〈哭僧詩〉……」〔註224〕，故此可得知周賀在唐敬宗寶曆年間與姚合交遊，唐穆宗爲唐敬宗前四年的帝制，周賀的年代應曾跨足穆宗長慶年間左右。聞一多所提到的另一位詩人是顧非熊，根據《全唐詩》的記載，其文如下：

　　　　顧非熊，況之子。性滑稽，好凌轢，因舉場三十年，穆宗
　　　　長慶中登進士第累佐使府。大中間爲盱眙尉慕父風棄官
　　　　隱。茅山詩一卷（《全唐詩》，卷五百九，頁 5822。）

可知顧非熊才氣甚高，性滑稽，於穆宗長慶年間登進士，如聞一多所說與周賀爲同時人。周賀詩題名爲「新頭陀」，顧非熊詩題名爲「新羅頭陀」，「頭陀」一詞乃指行腳乞食的出家人或指修習十二種苦行的比丘，姚合有詩題爲〈寄紫閣無名頭陀〉下有案語「自新羅來」，可知顧非熊和姚合所談的應是自新羅來的僧侶，又加上周賀曾爲僧侶，故詩歌亦錄有與僧人往來的生活趣事。茲將顧非熊、姚合以及周賀的詩作選錄如下：

　　　　見説北京尋祖後，瓶盂自挈繞窮邊。相逢竹塢晦暝夜，一

〔註223〕聞一多：《聞一多全集・7》，頁 829。
〔註224〕清・黃丕烈：《士禮居藏書題跋記》卷五，《古書題跋叢刊》（八），
　　　　北京：學苑，2009 年，頁 110。

別苕溪多少年。遠洞省穿湖底過，斷崖曾向壁中禪。青城不得師同住，坐想滄江憶浩然。（周賀〈寄新頭陀〉,《全唐詩》,卷五百三,頁 5770。）

峭行得如如，誰分聖與愚。不眠知夢妄，無號免人呼。山海禪皆遍，華夷佛豈殊。何因接師話，清淨在斯須。（姚合〈寄紫閣無名頭陀　自新羅來〉,《全唐詩》,卷四九七,頁 5687。）

棕床已自檠，野宿更何營。大海誰同過，空山虎共行。身心相外盡，鬢髮定中生。紫閣人來禮，無名便是名。（顧非熊〈寄紫閣無名新羅頭陀僧〉《全唐詩》,卷五百九,頁 5828。）

從這三首詩來看，姚合明言此頭陀來自新羅，提到海內海外所信仰佛教的意念是相同的，信奉以清淨心靈爲先，姚合特別以華夷無殊的信仰觀，連結了不同種族之間的關係。顧非熊則是在他的詩題中提到此位來自新羅的頭陀乃爲無名氏，從新羅來到中原，露宿在外的情況由首聯和頷聯便可知一二，佛教塵緣觀即由頸聯道出心與身乃爲道與器的理體與事相兩類，理事無礙，體相不二。雖然此頭陀無以名號稱之，顧非熊卻從莊子道家的「無爲」觀論「無名便是名」，從這裡可以知道這位陀頭自新羅渡海而來，宣揚佛法，中國詩人隨之相應，共同參透佛理。再讀周賀〈寄新頭陀〉一詩，從首聯和頷聯可知詩人與頭陀曾見過面，如今離別多年，思念之甚，頸聯提到「遠洞省穿湖底過，斷崖曾向壁中禪」似是在談南北朝來華的達摩祖師之事蹟，但朝代與周賀差距甚遠，恐是以「禪宗」事類入詩，暗指此頭陀可能出自禪宗佛門，在張然勤〈周賀與僧人交游研究〉一文中提到了「此時佛教最大的特點是世俗化，而世俗化最典型的代表示禪宗」〔註 225〕,點出當時唐人與禪宗的關係最爲密切，但此文並未提到周賀所交游的僧人名號。詩人又於尾聯寫成「青城不得師同住，坐想滄江憶浩然」，明

〔註 225〕 張然勤：〈周賀與僧人交游研究〉,《大眾文藝（文史哲）》,第 10 期,2008 年,頁 118。

確表達出詩人與頭陀之間不能會面所產生遺憾的情緒。周賀沒有在詩中表明此頭陀的來歷，僅在首聯談到「見說北京尋祖後，瓶盂自挈遶窮邊」，於此聞一多以「新羅頭陀」之熟語爲「新頭陀」增字，誤也，卻忽略了「頭陀」本身即唐代熟語，此「新頭陀」即可指稱剛剃度的僧侶，不需特意以「新頭陀」作「新羅頭陀」。

因此，聞一多對詩題的增字部分，或通順文義；或多此一舉；或適得其反，讀者不得不在史事方面有更進一步的認識，才能辨析詩題增字的正誤，但是讀者亦可經由聞一多對詩題詳細的考證，於潛沉涵詠詩歌的過程中，領悟與詩題相合的詩意，具有相當價值的參考依據。

綜上而言，聞一多研究古籍資料，擅以校勘訓詁詩歌文字，採比較法並列詩歌於不同版本中所呈現的異字，再進行改字和增字，使文句與詩義更爲通順。此外，聞一多善於考證詩歌裡的地名與名物，改正訛字，辨析詩人生平遊歷與名物之間的關係。聞一多的古典研究，自《詩經》、《楚辭》、《莊子》乃至《全唐詩》均秉持著嚴謹的研究態度辯證文字，不僅保留了各版本所載錄的異字，亦校正不少的訛字。但是，聞一多有時爲求合乎句子結構的文法，以增補文字的方式讓詩意或詩題更爲完整，卻失去詩歌的文字原貌，此爲聞一多過度校正的缺點。

小　結

本章研究之目的在於探析聞一多考證與訓詁唐詩的方法，由是進一步可驗證唐詩重出所應當歸屬的詩人，以及勘誤唐詩用字不一的情形，辨別唐詩歷來積非成是的說法，故能避免因詩文字的錯誤，曲解唐詩的境界，故依其辯證與校勘的方法分述如下：

1. 唐詩歸屬詩人的辯證方法

此文探討聞一多考證《全唐詩》詩人的生卒年以及生平遊歷的相關資料，也包含了辯證詩歌與史實之間的關係，所運用的考證方式包含了引證典籍、辨析名物與辨別意涵。

　　典籍資料裡有關詩人的事蹟可作爲《全唐詩》裡詩人小傳的佐證資料，當內容不合史傳所載的紀錄，可援引經、史、子、集各部的記載資料，考證其正誤，前文茲舉〈冬夜寓直麟閣〉爲例，聞一多以「麟閣」一詞，辯證〈冬夜寓直麟閣〉爲宋之問詩，查考《唐六典》的典制名稱的紀錄，論斷「麟閣」非王維所屬年代所該有的名稱，故歸之於宋之問詩。此外，尚可經由他人的文章辨析詩歌作者。例如〈漢上題韋氏莊〉一詩重出岑參與戎昱兩位詩人的作品集，可依李璧注王荊公詩的文字證得此詩應爲戎昱所作。

　　由此可知唐代詩歌與生活密不可分，除了可經由友人文章循跡，詩人亦於詩歌中直陳己事，故由詩人平時寫詩的習慣，以及詩歌內容的屬性來斷定，即是深入詩歌背景的考察方法。現以〈奉和聖制春日出苑應制〉爲例，聞一多認爲此詩題與內容之間並不相符，並引〈先天應令〉加以佐證，這兩首詩歌爲李隆基和張說之間的應答詩，因當時李隆基仍爲太子，尚未登基爲皇帝，所以張說對李隆基所回應的詩歌是「應令」，可知李隆基以〈奉和聖制春日出苑應制〉爲題並不符合其身分，由此斷定本詩原題應爲〈春日出苑游矚〉。

　　總括而言，以上幾種辯證方法除了傳統的典籍考證之外，更經由詩人、詩歌與時代三者之間的交織，以文化研究深談史實的情形。此外，聞一多亦從文學評論家的角度考察詩歌與詩人詩風的關係，爲辨析考證提供了一種新方法。此方法雖然新穎，但詩人並非終身僅奉行一種詩風，極有可能因生命經驗的驟變，導致詩風瞬間轉換，形成前後期不同的表現風格，故依此斷定詩歌爲某詩人的作品，頗有誤判之虞。故此若能配以詩人生平的經歷，便能涵融詩人寫詩風格的脈絡，即可準確推知詩風轉變與詩歌表現之間的關聯。

　　聞一多研究唐詩的訓詁方法除了運用的傳統的考證方法，尚能參以新式的文學評論，縱使仍有不足之處，亦有可獲得肯定的價值，即是突破傳統研究的藩籬，在傳統與現代之中，兼採兩方之長，將詩歌的考證內容更爲詳實。

2. 詩歌傳誤用字的校勘方式

自唐代以來，唐詩經過幾次的抄錄與流傳，句子與字詞上難免會有誤抄的情形出現。直至清代，《全唐詩》的編纂雖然收錄了兩千餘首的唐代詩歌，卻僅是以整理的方式抄錄詩歌，並未加以考證字句，因此官修詩選與私修詩選就有同詩異字的情形出現，不同的詩文字經過讀者敏銳細膩的賞析，多層次的審美意涵，隱然流淌其中，開闢了讀者閱讀視野的新境地，但是否吻合詩人最初的心靈意志，需參以史實跨越時空的藩籬，找出詩與時代之間最具關聯性的文字，故此校勘便成了重要的基本工夫。

本章探討聞一多校勘文字的方法，歸納分析三種校勘的方式：一為探文論詞；二為形訛辨偽；三為增補文字。「探文論詞」可經由上下文所表達的意涵查考一個字的適切性，有時存有一說，只能對異字的情形提出不同的意涵，將選擇字詞的最終決定權交由讀者；對於無法說通的字詞，則會進行考辨並分析何以無法說通的原因。唐詩的意涵非常廣泛，所以對於沒有版本可作對校的情形下，聞一多也僅是對詩文字提出個人的看法，故只能以「疑字」的方式暫留其說，或是針對有問題的字句提出質疑而已。

《全唐詩》非一人一時所抄錄，因此有時傳抄的過程中難免會因形近而誤抄，就產生了官修詩選與私修詩選在文字上差異，這時更需查考別集或是總集的文字紀錄，進一步辨析論述，此乃「形訛辨偽」重要的步驟。另外，詩題的文字表述看似清楚明瞭，實則不然。詩題中有關地名和物名的稱呼，常有缺字的情形，故此聞一多鉤稽故實，判定詩題缺字的情形，予以增字補義，讓詩題更具完整性，但是再從別集和總集的資料來看，原題並無歧見，爰此聞一多僅是借由「增補文字」將此詩題的意思表現得更為完整而已。

要之，聞一多研究唐詩所運用的校勘考證方式，其實與他研究《詩經》的訓詁方法大同小異，但是在《詩經》方面採以原始文化的角度探討《詩經》的露骨情欲，便勇於改字，論述其詩意，才會造成過度

詮釋的情形。反觀唐詩的改字情形，則是採用「形訛辨偽」和「疑字」
的方式，謹慎探討詩文字的相異情形，遠較《詩經》研究所提出的論
點保守了許多。

第五章　聞一多唐詩研究的評價

　　此章特從兩方面探討聞一多在唐詩研究方面的歷史地位，其一為其唐詩研究之價值，乃從他擅於取有的材料中著手討論，歸結史料文獻的運用價值，進一步論析聞一多的唐詩觀點，呈現他的獨特文學史觀。然而，聞一多的唐詩研究有許多新穎的觀點，在訓詁方面所援引的資料上多少有所缺失，於此加以探討聞一多在唐詩研究的問題與不足之處，以下便分兩大方面加以研析：

第一節　史料文獻與文學時代的價值

　　有唐三百多年的風華盛世，詩歌在初、盛、中、晚唐的歷史脈絡中萌芽、興盛、轉變乃至衰落，而流傳至今的詩歌，舉凡帝王后妃、文臣武將、遷客騷人、釋道隱者等身分的詩人，於社會各個場所，包含了宮廷官署、園林山田、道觀佛寺、邊疆戰場、江湖旅棧等，無不各有詩人引領風騷，大展詩才。這些作品收錄於《全唐詩》之中多達兩千餘首，難免會有疏漏之處。聞一多有鑒於《全唐詩》收錄缺失，不僅校勘文字，更對《全唐詩》重出詩作的現象進行辯證，歸納整理出一套「唐詩校讀法」的公式。聞一多費盡一生心力研究唐詩的發展概況，指出唐代分期各階段的特色，擺脫民國初年以前學者探討唐詩派別的說法，橫向連接詩人彼此之間的交流與影響，縱向貫穿了前後朝代文學的關聯性。雖然有關中、晚唐的唐詩研究尚未全盤完成，光是初唐、盛唐兩個階段的詩學研究，就已有不少獨特的見解。即使其

學說仍有許多有待商榷之處，卻已無法抹滅他在蒐集唐詩的相關資料抑或評述唐詩發展的貢獻，這些均提供後人研究唐詩不少的幫助，故筆者特於此節論述聞一多唐詩研究方面的價值。

一、足資後人考證其說

聞一多的考證工夫相當紮實，以筆記的方式整理史料資料，比對詩人的生平概況，取其可用之史料，重撰唐代詩人傳記、詩歌繫年以及年譜，以下將從這方面探討聞一多掌握史料的情形，析論其學術價值。

（一）從交遊、繫年掌握詩人的生活概況

聞一多的作品曾討論杜甫和岑參兩位詩人的生平、年譜以及交遊情形，這一類的文章有《少陵先生年譜會箋》、《少陵先生交遊考略》、《岑嘉州繫年考證》、《岑嘉州交遊事輯》等，這為後人研究杜甫和岑參奠下了重要的基礎。

就杜甫生平研究方面，《北京圖書館藏珍本年譜叢刊》收錄有關杜甫的年譜書目有呂大防、蔡興宗、黃鶴、趙子櫟、朱鶴齡、張遠、仇兆鰲、楊綸、朱駿聲各自撰寫的《杜工部年譜》以及魯訔的《杜工部草堂詩年譜》、錢謙益的《少陵先生年譜》、李春坪的《少陵新譜》，若相較於聞一多的《少陵先生年譜會箋》的話，仍有其相異之處，茲以表格呈現如下：

表 5-1-1：各家所著杜甫年譜的比較〔註1〕

作　者	書　名	內容形式	特　色
宋・呂大防	《杜工部年譜》	半頁十一行，行二十字，共5頁。	杜甫年譜，創始於呂汲公大防，此書認為杜甫始生於睿宗元年，卒於大曆五年辛亥。以詩考察年代，編著年譜的依據，簡單敘述詩作和事蹟概況。

〔註1〕資料來源：整理自《北京圖書館藏珍本年譜叢刊》，筆者乃根據內容進行比較，透過表格的方式呈現這些書在體制和特色的異同。作者及其著作的順序乃根據《北京圖書館藏珍本年譜叢刊》內容依序排列。

作　者	書　名	內容形式	特　色
宋・蔡興宗	《杜工部年譜》	半頁十一行，行二十字。小字兩行，共19頁。	此杜甫年譜以玄宗先天元年壬子為杜甫生於是歲，卒於大曆五年庚戌。
宋・魯訔	《杜工部草堂詩年譜》	半頁十一行，行二十字。小字兩行，共37頁。	此以睿宗先天元年壬子為杜甫生於是歲，卒於大曆五年庚戌，年五十九。《提要》曰：「蓋承呂《譜》之舊也。」
宋・黃鶴	《杜工部年譜》	半頁九行，行十八字，共63頁。前有黃鶴對杜甫家世做簡略的介紹。	黃鶴以杜甫始生於睿宗元年，蔡興宗、黃鶴二家，皆以甫五十九歲為大曆庚戌。
宋・趙子櫟	《杜工部年譜》	半頁九行，行二十字。，共21頁。前有批判呂大防作年譜之優缺點，並針對杜甫的生卒年提出自己的看法。	篇中惟辨呂大防謂甫生於先天元年之誤。獨子櫟以開元元年癸丑為杜甫始生是歲，卒於辛亥之冬。不知辛亥甫年六十矣。
明末清初・朱鶴齡	《杜工部年譜》	半頁九行，行十九字。小字兩行，共17頁。	此以睿宗先天元年壬子為杜甫生於是歲，卒於大曆五年庚戌，引前列《年譜》以資考證，多依《年譜》和作詩年代。
明末清初・錢謙益	《少陵先生年譜》	半頁十一行，行二十字，共29頁。前有世系表和世系文介紹杜甫家族。	內容表格呈現年譜，分紀年、時事、出處和詩四大類。出處仍多依前列《年譜》為據。此以睿宗先天元年壬子為杜甫生於是歲，卒於大曆五年庚戌。
清・張遠	《少陵先生年譜》	半頁九行，行二十字。小字兩行，共11頁。	此書未載明其作品繫年，僅註明特殊年份的改元情形，以及杜甫事蹟，其內容詳於呂本，而略於它本。
清・仇兆鰲、朱鶴齡	《少陵先生年譜》	半頁十行，行二十二字。小字兩行，共17頁。前有世系表，並引用錢謙益的世系文作前言。	此書不僅標註改元情形，此可謂杜甫年譜彙編，並始引史傳內容以考證說明，但仍以年譜為主要參考依據。
清・楊綸	《杜工部年譜》	半頁十行，行二十字。小字兩行，共15頁。前有魯譜和仇譜的按語比較。	此以睿宗先天元年壬子為杜甫生於是歲，卒於大曆五年庚戌，亦參考前人所作《年譜》。
清・朱駿聲	《杜工部年譜》	半頁十行，行二十一字。天干地支作兩行小字，共9頁。	此以睿宗先天元年壬子為杜甫生於是歲，卒於大曆五年庚戌。此書簡略介紹杜甫的字號與生平，略於呂《譜》。

作　者	書　名	內容形式	特　色
李春坪	《少陵新譜》	此書為現代刻版，半頁十三行，行 37 字，共 139 頁。	此書詳錄杜甫事略、家系、官歷表、游歷地域圖、交游名氏錄、以及杜詩年表與解題等六大主題。此書以睿宗先天元年壬子為杜甫生於是歲，卒於大曆五年庚戌。此引用史傳和前人所撰《年譜》加以彙考。
聞一多	《少陵先生年譜會箋》	此書由湖北人民出版社整理，大字表年歲，小字以注解。	聞一多列出西元、皇帝年號以及杜甫年歲，所引用的參考資料包括了經、史、子、集等。

　　從以上的資料來看，前人的年譜撰寫大致上由粗略而詳細，由辨誤而勘正，但在這些《年譜》著作中，各書詳略有別。《四庫全書總目提要》曾論宋・趙子櫟《杜工部年譜》一書之特色，其文曰：「其所援引亦簡略，不及魯《譜》之詳。」又清・張遠的《少陵先生年譜》，其內容詳於呂本而略於它本，乃至清・楊綸的《杜工部年譜》則有較為精彩的辯證，不僅引用前人所作《年譜》證明其說，於疑處考證辨析，不全然接受前人《年譜》之說，並以詩證史。李春坪的《少陵新譜》則援用了史傳和前人所撰《年譜》加以彙考，詳於前人的《年譜》著作，這樣的徵引資料情形到了聞一多的《少陵先生年譜會箋》就更為豐富，文中多參考前人所作的《年譜》考證，因此可見黃鶴、錢謙益、仇兆鰲和朱鶴齡的引文注解，頗有參考文獻價值。

　　聞一多對杜甫和岑參的生平研究成果，於唐詩研究領域裡佔有一席之地，尤其是有關岑參的生平研究，早期無年譜的相關資料，《舊唐書》和《新唐書》對於岑參事蹟的記載頗為簡略，直至 1930 年起才有系統性的編撰研究。首先是賴義輝的《岑參年譜》，以史傳筆法成書，為歷來第一本的岑參年譜。不久，聞一多撰有《岑嘉州繫年考證》、《岑嘉州交遊事輯》，其徵引資料以及生平事蹟的敘述皆具學術價值。之後，李嘉言在聞一多的指導之下又撰寫了《岑詩繫年》，然而二十世紀有關岑參的研究不僅是賴義輝、聞一多、李嘉言而已，之後有關岑參年譜的研究如雨後春筍不斷出現，例如：曹濟平的〈岑參

生年的推測〉〔註2〕、孫映逵〈岑參生年考辨〉〔註3〕、胡大浚〈岑參「西征」詩本事質疑——讀岑參詩劄記之一〉〔註4〕、柴劍虹〈岑參邊塞詩繫年補訂〉〔註5〕、孫映逵〈岑參遊河朔考辨〉〔註6〕、孫映逵〈岑參「西征」詩及有關邊塞地名——與胡大浚先生商榷〉〔註7〕、胡大浚〈再論岑參「西征」本事——答孫映逵同志〉〔註8〕、孫映逵〈岑參邊塞經歷考〉〔註9〕、王劉純〈岑參交遊考辨——閻防、杜位與嚴維〉〔註10〕、任曉潤〈岑參生年、籍貫考〉〔註11〕、王勳成〈岑參去世年月考辨〉〔註12〕、廖立〈岑嘉州編年考補〉〔註13〕、廖立《岑參評傳》〔註14〕、陳鐵民、侯宗義合著的《岑參集校注・岑參年譜》、劉開揚《岑參詩集編年箋注》等。

〔註2〕曹濟平：〈岑參生年的推測〉，《光明日報》，1959 年 2 月，頁 70～73。

〔註3〕孫映逵：〈岑參生年考辨〉，《南京師大學報》（社會科學版），第 3 期，1981 年，頁 29～33。

〔註4〕胡大浚：〈岑參「西征」詩本事質疑——讀岑參詩劄記之一〉，《西北師大學報》（社會科學板）第 3 期，1981 年，頁 77～82。

〔註5〕柴劍虹：〈岑參邊塞詩繫年補訂〉，《文學遺產》增刊第十四輯，1982 年，頁 188～201。

〔註6〕孫映逵：〈岑參遊河朔考辨〉，《河北師範大學學報》（哲學社會科學版），第 2 期，1982 年，頁 83～87。

〔註7〕孫映逵：〈岑參「西征」詩及有關邊塞地名——與胡大浚先生商榷〉，《徐州師範大學學報》（哲學社會科學版），第 3 期，1982 年，頁 36～41。

〔註8〕胡大浚：〈再論岑參「西征」本事——答孫映逵同志〉，《西北師大學報》（社會科學板）第 3 期，1984 年，頁 57～65+84。

〔註9〕孫映逵：〈岑參邊塞經歷考〉，《徐州師範大學學報》（哲學社會科學版），第 2 期，1984 年，頁 54～62。

〔註10〕王劉純：〈岑參交遊考辨——閻防、杜位與嚴維〉，《河南大學學報》（社會科學版），第 5 期，1988 年，頁 53～56+97。

〔註11〕任曉潤：〈岑參生年、籍貫考〉，《西南師範大學學報》（人文社會科學版），第 2 期，1990 年，頁 119～120+83。

〔註12〕王勳成：〈岑參去世年月考辨〉，《蘭州大學學報》（社會科學版），第 4 期，1990 年，頁 107～111。

〔註13〕廖立：〈岑嘉州編年考補〉，《中州學刊》，第 2 期，1982 年 2 月，頁 70～76。

〔註14〕廖立：《岑參評傳》，北平：人民文學出版社 1990 年。

在這些文獻整理的資料中，尤以陳鐵民、侯宗義合著的《岑參集校注·岑參年譜》和劉開揚的《岑參詩集編年箋注·岑參年譜》最具代表性，其詳證資料和生平考辨均獨有見解，已不再是資料的堆積和佐證，於此不再贅述。茲錄賴義輝、聞一多和李嘉言三人研究岑參年譜的資料，並透過表格來認識這三本之間的差異。

表 5-1-2：《岑參年譜》與《岑嘉州繫年考證》之比較 〔註15〕

作　者	書　名	內容形式	特　色
賴義輝	《岑參年譜》	半頁二十五行，行 30 字，共 39 頁。註腳採章後注、章節注，遇詩均獨立引文呈現。	以傳記的方式白話書寫岑參的一生，並引岑嘉州詩說明當年的情況，於詩後簡述詩大義。
聞一多	《岑嘉州繫年考證》	大字表年歲與事蹟，小字以注解說明，並引用資料。	以史傳筆法簡述岑參大事，所引用資料有岑嘉州詩以及史傳資料。
李嘉言	《岑詩繫年》	粗體字表詩名，細明體表註解，共 37 頁。	此書根據聞一多的《岑嘉州繫年考證》而作，依照年代將岑參詩歌依序排列，並於詩題之下指出各家詩集收錄的情形。

依此三種資料來看，賴義輝《岑參年譜》開啟了研究岑參生平的里程碑，引用岑參的詩文以及史傳資料繫年說明岑參生平之概況，以淺白的言語描述岑參的一生，卻非全然以客觀的立場陳述，仍兼具賴義輝的個人的主觀看法，例如在岑參的早期作品中，於文中比較詩人在〈感舊賦〉和〈初授官題高冠草堂〉對於考場登科的心志，表達了「這兩種衝突的思想，卒之為後者所勝」的主觀看法。

之後，聞一多《岑嘉州繫年考證》以史傳筆法寫成年譜，再以箋註的方式標明岑參詩歌，亦引用不少史部和集部的古籍資料加以詮釋史事，其資料彙編之工夫相當嚴謹。不久，聞一多指導李嘉言作《岑詩繫年》，此書依其師《岑嘉州繫年考證》按年排序詩歌，考證重出偽作之詩，凡編年與未編年的作品，均於詩題下註明原書頁數，源流

〔註15〕資料來源：整理自《北京圖書館藏珍本年譜叢刊》、《聞一多全集》、《李嘉言古典文學論文集》。

得以清楚羅列。賴義輝《岑參年譜》、閒一多《岑嘉州繫年考證》與李嘉言作《岑詩繫年》這三本書，不論是從岑參的籍貫、生卒年、邊塞經歷或是隱居問題，都爲後人研究岑參的生平事蹟提供不少幫助，做出了相當的貢獻。

　　以上簡略介紹閒一多的岑參年譜和杜甫年譜在唐詩研究裡地位後，將再從三個方面來綜論閒一多作杜甫和岑參年譜方面的價值，首先從徵引資料來看，杜甫和岑參年譜的事蹟大量以註腳的方式說明引用史料出處，詳於前人所編著的年譜，所參考的資料涵蓋經、史、子、集。經部，如：《詩正義》、《山海經》等；史部，如：《漢書》、《舊唐書》、《新唐書》、《唐會要》、《唐才子傳》、《直齋書錄解題》、《輿地紀勝》、《元和郡縣志》、《資治通鑑》等；子部，如：《冊府元龜》、《教坊記》、《開天傳信記》、《開元釋教錄》、《集異記》、《太平廣記》、《劇談錄》等；集部，如：《全唐詩》、《全唐文》、《唐詩紀事》等碑文、墓志、詩人詩集和文集等四類，以旁證說明年譜所提及人、事、地的過程。其中以集部所引用的資料最眾，次者爲史部書類，再者爲子部書類，可見閒一多旁徵博引之功。

　　再者，年譜的註解方式多樣化，《少陵先生年譜會箋》以《河南府志》指出杜甫生於河南鞏縣的地理位置〔註16〕，並援用前人對詩作所下的注腳文字說明詩人事蹟，例如引證朱鶴齡注解〈石犀行〉的文字以說明杜甫於五十歲，居草堂，旋又歸成都一事，又以〈別馬巴州〉的註文「時甫除京兆功曹，在東川」說明杜甫廣德二年，公五十三歲，自梓州絜家東苗出峽，先至閬州，不赴召京兆功曹。至於岑參繫年的考證方面，採用章後注的方式，引用他人注解〈送劉郎將歸河東〉、〈送郭司馬赴伊吾郡請示李明府〉等詩的文字說解岑參於天寶十三載「權北庭都護伊西節度翰海軍使，……充安西北庭節度判官，遂赴北庭」〔註17〕的事蹟。

〔註16〕閒一多：《閒一多全集・6》，頁125。
〔註17〕閒一多：《閒一多全集・6》，頁304。

　　此外，聞一多尚採用「引詩證事」的方法徵引杜甫諸詩，藉以說明當年杜甫所處之地的情形，例如：天寶十一載壬辰，杜甫四十一歲，在長安時，就徵引了〈進封西嶽賦表〉、〈留贈崔于二學士〉、〈贈鄭諫議十韻〉等詩，其他之處諸如此類的情形更是不在少數。這樣「旋以每定一詩，疏通篇旨，參驗時事」的情形更常見於〈岑參州繫年考證〉中。因舊無岑參年譜可參閱，聞一多僅能以賴義輝《岑參年譜》作為參考依據，為了避免考證過於疏略，還採用「據詩證事」的方法，例如以〈武威送劉判官赴磧西行軍〉、〈武威暮春聞宇文判官使還已到晉昌〉、〈河西春暮憶秦中〉、〈登涼州尹台寺〉來說明天寶十年辛卯，岑參三十七歲時，高仙芝與大食一戰，兵敗還朝，「岑參亦迤邐東歸」一事。除了據詩證事之外，墓志、碑文或其他詩人的作品亦為重要的旁證，用以強調杜甫行吟所到之處的證據，例如援引李邕〈雲麾將軍碑〉一文說明開元八年李思訓卒一事〔註18〕，另外以元結〈諭友〉和杜甫〈贈鮮于京兆二十韻〉講述天寶丁亥年間李林甫賀野無遺賢的政治概況。〔註19〕〈岑參州繫年考證〉中出現較多的是杜確的〈岑嘉州詩集序〉來印證詩人的行吟之地，例如大曆四年己酉即可見得杜〈序〉二則，兼引史書為證。

　　聞一多所引用的詩歌不僅採用杜詩，還廣採其他文人的作品，進而探討其交游情形，開元二十六年，杜甫二十八歲，遊齊、趙一事，就同時紀錄了張九齡、孟浩然的卒年，亦引用王士源〈孟浩然集序〉記載了王昌齡遊歷襄陽的事蹟〔註20〕，又引杜確〈岑嘉州集序〉說明岑參於天寶三年登進士第一事。〔註21〕

　　第三，有關杜甫和岑參生平的每個時間點均詳細列出其詩歌，不僅按其年代依次列出作品，對於值得商榷之處，仍加以辯證，例如朱

〔註18〕聞一多：《聞一多全集‧6》，頁126。
〔註19〕聞一多：《聞一多全集‧6》，頁143。
〔註20〕聞一多：《聞一多全集‧6》，頁133。
〔註21〕聞一多：《聞一多全集‧6》，頁137。

鶴齡注杜詩〈酬寇侍御〉為大曆五年之作，但聞一多卻以開元十八年，杜甫正值十九歲，曾經「游晉，至郇瑕（今山西猗氏縣），從韋之晉、寇錫遊」〔註22〕的事例，改朱注為開元十八年的說法，又論〈皇甫淑妃碑〉應作於天寶五載，公三十五歲，並非如同黃鶴所言的天寶四載。因此《岑嘉州繫年考證》一書，可謂一本兼具編年詩文功用的著作，但序中有言：「至於編年詩譜，不容偏廢，誰曰不然？別造專篇，儻再來日」〔註23〕說明了此書錄詩不全，需另著岑嘉州編年詩，此項工作最後由聞一多的學生李嘉言先生參考此書編撰完成。

　　《少陵先生年譜會箋》和《岑嘉州繫年考證》中有不少其他詩人詩歌的佐證，聞一多從中整理出曾參考過的作品與著作，依照名字筆劃編序，另著《少陵先生交遊考略》、《岑嘉州交遊事輯》二書，當時杜甫和岑參可能交游過的人物便一目了然。故此，這兩本詩人年譜不論是從參考價值或是史料價值上均有其重要意義。

（二）從小傳辯證詩人史料

　　聞一多除了對岑參和杜甫著有詳細的年譜和交游情形，對於其它詩人的生平則是以「小傳」的方式介紹。詩人小傳有四處，一為未刊、未定稿的《全唐詩人小傳》，由袁謇正、徐少舟二人共同整理而成；第二處和第三處分別為《全唐詩補傳》甲、乙，由徐少舟、袁謇正個別整理，這兩本書實屬補《全唐詩人小傳》之不足；第四處則是附在《唐詩大系》之後，此小傳與《全唐詩人小傳》略有不同，雖然僅有六十四人小傳集，但內容敘述卻比未刊稿《全唐詩人小傳》較為完整。

　　未刊稿《全唐詩人小傳》共選錄一百九十九人，其中一百九十一人入選《唐詩大系》，僅虞世南、陳子良、王宏、上官昭容、魚玄機、段文奎、孟賓于和江為未選入唐詩選集之中，可見二書關係之密切，當然這當中還存有編者的個人詩學史觀，於前章節均有所討論，故不

〔註22〕聞一多：《聞一多全集・6》，頁 129。
〔註23〕聞一多：《聞一多全集・6》，頁 284。

再贅述。附在《唐詩大系》之後的小傳僅錄六十四人，但是此六十四人並非全選錄於未刊稿的《全唐詩人小傳》，兩者所選錄詩人小傳相異之處的有魏徵、姚崇、崔融、喬知之、張循之、宗楚客、長孫正隱、盧僎、崔湜、徐晶、鄭愔、張諤、張敬中、蔡希寂、史青、蔣渙、杜頠，皆僅錄於《唐詩大系》之後的小傳而未錄於未刊稿《全唐詩人小傳》中。《全唐詩補傳》甲共選錄一百三十人、《全唐詩補傳》乙則有五十四人，用以補足《全唐詩人小傳》中未曾提及的詩人。

從引用資料來看，未刊稿《全唐詩人小傳》和《全唐詩補傳》甲、乙採以資料彙編的方式，將記載過詩人的古籍書名和內容一一列於名下，方便讀者閱覽。但這三本書所編列的參考資料卻有顯著的不同，未刊稿《全唐詩人小傳》於每位詩人之下，先列出《全唐詩》中其它詩人曾提及此詩人，或曾與其有過應答的作品，再一一列出《唐才子傳》、《國秀集》、《河嶽英靈集》、《舊唐書》、《新唐書》、《元和姓纂》、《唐詩紀事》、《唐會要》等其它典籍中，錄有這一百九十九位詩人的相關資料，因此所引資料相當豐富。《全唐詩補傳》甲、乙所採錄的資料雖然比未刊稿《全唐詩人小傳》少了許多，卻仍維持著《舊唐書》、《新唐書》、《元和姓纂》、《唐詩紀事》、《唐會要》、《唐才子傳》這幾本典籍所採錄的內容，然而這三本小傳皆僅紀錄其相關資料，缺乏聞一多對詩人的評論。

附於《唐詩大系》之後的小傳是經由編者瀏覽過相關資料，以史傳筆法寫成詩人小傳，全將典籍所錄資料化為己語。單從文章來看的話，難以耙梳徵引資料的來源，因此若欲查詢詩人的徵引資料，就需將未刊稿《全唐詩人小傳》和《全唐詩補傳》甲、乙相互對照，以明來源。這四本小傳所徵引的用書遍及四部典籍，除了前面所提到的幾本主要參考書籍之外，尚有史部《古今姓氏書辯證》姓氏書，《嘉泰吳興志》、《輿地紀勝》、《南嶽小錄》等地志，《法書要錄》、《歷代名畫記》、《唐朝名畫錄》、《圖畫見聞志》等藝術類典籍，《郡齋讀書志》、《直齋書錄解題》等目錄學著作；總集方面利用了《國秀集》以及《會

稽掇英總集》等地方文獻總集；另外部分詩人與僧人之間的交游情形，亦參考了佛藏典籍的《高僧傳》和《廬山記》；在類書叢書方面，則引用了王應麟的《玉海》、陶宗儀的《說郛》等書。另有石刻的資料，包含《集古錄目》、《金石錄》、《寶刻叢編》、《輿地碑記目》、《古刻叢抄》、《金石文字記》、《授堂金石跋》、《授堂金石文字續跋》、《金石萃編》、《唐郎官石柱題名考》、《金石錄補》、《古泉山館金石文編》等，以增加唐代詩人小傳的眞實性，並作爲辯證詩人傳記的主要依據，例如：論元結家世，即以《金石錄》中的〈元結碑〉證明《唐書》列傳所錄的「結後魏常山王尊十五世孫」爲誤，應從碑文與〈元氏家錄序〉所言的「十二世」爲是，以此論斷「蓋史之誤」。〔註24〕

聞一多對唐詩的研究非一時一地完成，且遭逢民初戰亂，顚沛流離，移居定所，其學術研究斷斷續續，不難見到其論點相互矛盾的現象，例如王無競的小傳在未刊稿《全唐詩人小傳》中可見趙明誠《金石錄》的碑文和史傳的不同說法，一爲任官方面，碑文曰：「中書舍人卒」，史傳卻言：「……貶廣州，仇家矯制榜殺之。」說明王無競卒時的官職有所出入；二爲交游方面，碑文云：「兩張弄權，九有蕩析，公而無慍」，史傳則論：「與張易之等交往貶」以論王無競與張氏之間的關係大有不同，故以「事得於傳聞，未足盡信也」爲結語，對史傳說法表示存疑。但是，附於《唐詩大系》之後的小傳提及王無競的生平概況卻同於史傳的說法，此處便呈現了兩處說法的矛盾，既然於未刊稿的《全唐詩人小傳》論述「存疑」又何以於附於《唐詩大系》之後的小傳採用史傳的說法，就不得而知了。

從內容來看，1933 年聞一多致饒孟侃的信中就曾指出：「《全唐詩》作家小傳最潦草，擬訂其訛誤，補其缺略。」〔註25〕因這四處的唐人小傳所引用的史料來自經、史、子、集，其內容包含了詩人的生卒年、行第、世系、科名、仕歷、交遊、著述、後人評論等，藉由比

〔註24〕聞一多：《聞一多全集·8》，頁 290。
〔註25〕聞一多：《聞一多全集·12》，頁 266。

較考證指出史料訛誤之處。附於《唐詩大系》之後的小傳就是聞一多遍覽《全唐詩人小傳》所羅列的相關資料後，爲了訂正《全唐詩》中小傳的訛誤所作的。茲錄兩則說明其糾正訛誤的例子：

> 崔國輔，吳郡人。開元中。應縣令舉。授許昌令。累遷集賢直學士。禮部員外郎。後坐事貶晉陵郡司馬。詩一卷。(《全唐詩》，卷一一九，頁 1199。)

> 崔國輔：吳郡人。父惟明，海、沂等州司馬。國輔擢開元十四年進士第，授山陰尉。二十三年，應牧宰舉登科，授許昌令，入爲補闕，起居郎。天寶十載，杜甫獻〈三大禮賦〉，時國輔與于休烈方爲集賢院學士，交爲延譽，由是玄宗始讀甫文而奇之，命待制集賢院。甫詩所謂「謬稱三賦在，難述二公恩」是也。十一載，御史大夫王鉷賜死，國輔坐鉷近親，由禮部郎中貶竟陵郡司馬，居郡三年。與處士陸羽游，歡情甚洽，士林美之。國輔又善孟浩然、李白、王昌齡、王之渙等，名與相埒。尤工五言小詩，「婉孌清楚」，有齊梁遺意，後世號「崔國輔體」云。有集卷亡。《全唐詩》編詩一卷，今抄十三首。(附於《唐詩大系》之後的小傳，《聞一多全集·7》，頁 351。)

第二段有關崔國甫的傳記顯然比第一段詳細許多，於此改正《全唐詩》中記載崔國輔貶竟陵郡司馬誤爲晉陵郡司馬的錯誤，又進一步考證崔國輔應縣令舉和貶竟陵郡司馬分別在開元二十三年和天寶十一載。再者，此文又詳細標出其應舉及貶官的時間。

另外，《全唐詩人小傳》中有一段文字與以上引文頗爲相似，可能爲其草稿，並且論到崔國甫任「禮部郎中」抑或「禮部員外郎」的爭議。《全唐詩人小傳》談及崔國甫曾任「禮部郎中」，此說法同於《唐才子傳》「累遷集賢直學士、禮部郎中」的記載，但因爲史料的記載有所差異，故又於此語後以括弧論「《唐書》、《唐詩紀事》、《全唐文》小傳、李白詩皆曰禮部員外郎」[註26]標明另一說法，這些爭議的論

〔註26〕聞一多：《聞一多全集·8》，頁 175。

點卻又不見於附於《唐詩大系》之後的小傳，僅以「應牧宰舉登科，授許昌令，入爲補闕，起居郎」數語帶過，可見聞一多有意避開此爭議之處，保留其說法。除此之外，從以上兩段引文可得知崔國輔爲吳郡人，這話似乎爲斷語，但是《全唐詩人小傳》論「國輔，山陰人」，下有注文曰：「《全唐文》小傳云青州人，是也。《全唐詩》小傳云吳郡人。」〔註27〕此又與《唐詩大系》小傳「吳郡人」的說法大不相同，可得知欲了解聞一多對詩人傳記的說法，必須多本互參，歸納其說。

　　《全唐詩人小傳》以及《唐詩大系》後的小傳有不少對詩人的籍貫地以及應舉年代的考證資料，聞一多不僅列舉有關論點的證據，亦列出異說，方便讀者辨析，列舉王昌齡的生平介紹以供讀者參考，茲錄之於下：

　　王昌齡，字少伯。京兆人。登開元十五年進士第。補祕書郎。二十二年。中宏詞科。調汜水尉。遷江寧丞。晚節不護細行。貶龍標尉卒。昌齡詩緒密而思清。與高適、王〔之渙〕（渙之）齊名。時謂王江寧。集六卷。今編詩四卷。（《全唐詩》，卷一四〇，頁1420。）

　　王昌齡：字少伯，京兆人。登開元十五年進士第，授汜水尉。十九年中博學鴻辭科，遷秘書省校書郎。坐事謫江寧丞。……（附於《唐詩大系》之後的小傳，《聞一多全集·7》，頁351。）

　　王昌齡，字少伯，京兆人。（《新書·文藝·孟浩然傳》云江寧人，《唐才子傳》云太原人。《舊書·文苑·孟浩然傳》不言昌齡籍貫，而于《文苑·陸據傳》有「京兆王昌齡」語。案太原是其族望，云江寧人者，涉官所而誤。岑參《送許子擢第歸江寧拜親因寄王大昌齡》詩曰：「王兄尚謫宦，……一縣無諍辭」，苟江寧爲昌齡故里，則不得云「謫宦」。要當以京兆人爲正。）……，十九年（據《登科記》補。《全唐詩》小傳云二十二年，誤）又中宏辭（即博學宏

〔註27〕聞一多：《聞一多全集·8》，頁175。

　　辭科）……（《全唐詩人小傳》，《聞一多全集・8》，頁 178。）

此三段文字考據王昌齡的籍貫，《全唐詩》與附於《唐詩大系》之後
的小傳皆言王昌齡爲京兆人，《全唐詩人小傳》先引《新書・文藝・
孟浩然傳》、《唐才子傳》等傳記對王昌齡籍貫的不同說法，再辨析太
原是其族望，至於江寧乃因「坐事謫江寧丞」而有此誤說，最後認定
王昌齡「當以京兆人爲正」。傅璇琮的〈王昌齡事蹟考略〉以《河嶽
英靈集》的太原說、《唐才子傳》的太原說、《新唐書》的江寧說和《舊
唐書・文苑傳》的京兆說，分別論證，以王昌齡爲京兆人爲是。〔註
28〕王夢鷗曾對王昌齡爲京兆人提出不同的看法，於〈王昌齡生平及
其詩論——王昌齡被殺之迷試解〉一文以〈送李浦之京〉「故園今在
霸陵西，江畔逢君醉不迷」的歸鄉情感，論「這霸陵西，即屬京兆，
所以可說他是籍貫太原，而住家則在京兆。如今他欲還鄉里，也只有
這個去處。」〔註29〕並援引譚優學的《唐詩人行年考・王昌齡行年考》
的事證〔註30〕，論昌齡籍貫應依《唐才子傳》的說法，認爲王昌齡爲
太原人。但是，王夢鷗的論證卻沒有傅璇琮來得詳細，夢鷗僅以詩歌
論其詩人的歸鄉情懷，傅璇琮不僅引詩立論，更進一步引用史書傳記
說明王昌齡的家族應出自瑯琊王氏，而非太原王氏，故傅說顯然較有
力的論證，可佐證聞一多以王昌齡爲京兆人的說法。

　　除此之外，王昌齡應舉博學宏科的時間說法亦有所不同，傅璇琮
〈王昌齡事蹟考略〉以《全唐詩》小傳所提到的二十二年爲依據，《全
唐詩人小傳》則引《登科記》證得十九年爲是，但黃益元於〈王昌齡
生平事跡辨證〉文中，以傅說爲是並補證指出譚說之誤。〔註31〕是故，

〔註28〕傅璇琮：〈王昌齡事蹟考略〉，《唐代詩人叢考》，北京：中華書局，
　　　　1980 年，頁 103～140。

〔註29〕王夢鷗：〈王昌齡生平及其詩論——王昌齡被殺之迷試解〉，中國唐
　　　　代學會編：《唐代研究論輯第三輯》，臺北：新文豐出版股份有限公
　　　　司，1992 年，頁 182。

〔註30〕譚優學：《唐詩人行年考》，成都：四川人民出版社，1981 年 7 月，
　　　　頁 90～119。

〔註31〕黃益元：〈王昌齡生平事跡辨証〉，《文學遺產》，第 2 期，1992 年 2

王昌齡應舉博學宏科的時間為二十二年。

　　聞一多不僅考證《全唐詩》小傳的記載，還進一步補足其未談及的生平概況，於敘述過程中仍不忘引經據典以證其說，茲錄兩例說明如下：

> 王績，字無功，絳州龍門人，文中子之弟。隋末，授秘書省正字，不樂在朝，求為六合丞。嗜酒不任事。尋還鄉里。唐高祖武德初。以前官待詔門下省。時太樂署史焦革家善釀。積求為丞。革死。棄官歸東皋著書。號東皋子。集五卷。今編詩一卷。（《全唐詩》，卷三十七，頁 480。）

> 王績（585～644）：字無功，號東皋子，絳州龍門人。兄文中子通，隋末大儒。績在隋為楊州六合丞。入唐，以前官待召門下省，尋罷去。選授太樂丞，歲餘，復歸隱河渚間。績少有才名，工文辭，善鼓琴，好陰陽曆數之術，嘗所從游者，方伎之士。性簡傲，好飲酒，至數斗不亂，世所傳績之事跡，皆其飲酒故事之「演義」耳。為詩學陶潛，滌盡當時排比滯重之習，一以古淡為宗。嘗云：「歌詠以會意為巧，不必與夫悠悠閒人相唱和也。」其文如《醉鄉記》、《答馮子華處士書》等，亦有逸致。晚年續兄度撰《隋書》，未竟而卒，時年六十。所著《酒譜》、《酒經》各一卷、《會心高士傳》五卷、及注《老子》，今并不傳。《東皋子集》五卷，今只三卷，亦非其舊。《全唐詩》編詩一卷。今抄三首。（附於《唐詩大系》之後的小傳《聞一多全集・7》，頁 333。）

這兩則均為有關王績的小傳，於《唐詩大系》之後的小傳中特別標出其生卒年，此寫法並非全傳的通則。有關王績的生卒年說法，鄭振鐸在〈中國文學者生卒考〉一文和後來的《插圖本中國文學史》都認為王績的生卒年是 590？～644，即約隋開皇十年至唐貞觀十八年。胡適《白話文學史》則認為王績生於 584 年，卒於 644 年。蘇雪林的《唐

詩概論》認爲王績約生於 590 年，卒於 650 年。諸家說法不一，之後葉慶炳〈王績研究〉〔註32〕和劉大杰《中國文學發展史》等人的看法均認爲王績生於西元 585 年，卒於西元 644 年，同於聞一多的說法。但茲據張錫厚〈玉績生平辨析及其思想新證〉〔註33〕和韓理洲會校五卷本《王無功文集・前言》〔註34〕均言王績應生於隋文帝開皇十年（590）。夏連保於《王績集編年校注》辯證王績生卒年的說法，認爲王績應生於開皇九年（589 年）。〔註35〕

此文引新舊《唐書》的記載補齊王績家族兄長之名，又引王度《古鏡記》講述王績「好陰陽歷數之術」的個人興致以及《四庫全書提要總目》的「簡放嗜酒」談及「性簡傲，好飲酒」的愛好，並以《唐才子傳》敘述王績和陶淵明之間的詩風承繼關係。此文不僅以文字簡明扼要補充了生平詳細的資料，也在著作方面說明了存與佚的情形。再以上官儀的生平，說明小傳的詳略之別，茲錄原文如下：

> 上官儀，字游韶。陝州陝人。貞觀初。擢進士第。召授弘文館直學士。遷秘書郎。太宗每屬文。遣儀視稿。私宴未嘗不預。高宗即位。爲秘書少監。進西臺侍郎。同東西臺三品。麟德元年。坐梁王忠事下獄死。儀工詩。其詞綺錯婉媚。人多效之。謂爲上官體。集三十卷。今編詩一卷。（《全唐詩》，卷三十七，頁 509。）

> 上官儀（608？～664）：字游韶，陝州陝人。父宏爲隋江都副監，因家焉，宏爲將軍陳棱所殺。時儀尚幼，左右藏匿獲免，因私度爲沙門。貞觀元年登進士第，授宏文館直學

〔註32〕葉慶炳：〈王績研究〉，中國唐代學會編：《唐代研究論輯第三輯》，臺北：新文豐出版股份有限公司，1992 年，頁 613。

〔註33〕張錫厚：〈王績生平辨析及其思想新證〉，《學術月刊》第 5 期，1984 年，頁 71～75。

〔註34〕韓理洲：《王無功文集五卷本會校》，上海：上海古籍出版社，1987 年。

〔註35〕唐・王績撰：康金聲、夏連保校注：《王績集編年校注》，太原：山西人民出版社，1992 年。

士。龍朔二年，累遷至西臺侍郎，同東西臺三品。儀本以
詞采自達，頗恃才任勢，時輩嫉之。又嘗與帝議廢武后，
爲后所銜。麟德元年，竟因許敬宗誣構下獄死，籍沒其家。
儀博通群書，淹貫釋典。太宗時預撰《晉書》，太宗屬文，
每遣視草。又多令繼和，凡有宴集，儀必與焉。其詩綺錯
婉媚，而機構巧密，有「六對」、「八對」之法。及貴顯，
人多效之，號「上官體」。唐興承齊、梁餘緒，五十年間，
文體日幣，至儀而極。其詩本無足甄錄，世所傳〈入朝洛
堤步月〉四句，稍見清麗，又似非全章，例不當載，今姑
破格闌入，以爲此一時其之代表焉爾。所著《投壺經》一
卷、集三十卷，并佚。《全唐詩》編詩一卷，彙補三首，又
殘詩二首。今抄殘詩一首。（附於《唐詩大系》之後的小傳
《聞一多全集・7》，頁 334。）

這兩段文字的敘述詳略有別，附於《唐詩大系》之後的小傳根據《唐
書》的記載增補上官儀之父的事蹟和廢武后的議事，又談述「上官體」
的特點與流行成因，並可從《全唐詩人小傳》得見引用《隋唐嘉話》
加以談述選錄非「上官體」爲代表的詩歌之因。以上這兩位詩人的生
平，透過附於《唐詩大系》之後的小傳和《全唐詩》的詩人小傳相較
之下，可以知道前者較爲後者詳述許多，這樣的敘述依據來自於《全
唐詩人小傳》以及《全唐詩補傳》甲、乙中的資料彙編。

　　《唐書》、《唐才子傳》或是《全唐詩》小傳中對詩人的傳記生平
敘述有詳有略，更缺乏了說法依據的來源，但聞一多卻能考察諸多典
籍，作成資料彙編，方便讀者閱讀資料，並加以辯證其說，雖然並非
所說完全正確，卻開啓了後人考證專記的工夫，於此貢獻匪淺。

二、反映唐詩的兼容並蓄

　　此以探討聞一多的唐詩觀，他特從文學史立場重新討論唐詩的詩
歌現象，連貫前後朝的文學繼承與影響，亦能探討唐代詩歌涵融唐以
前各朝代的詩風與詩觀，所展現的獨特風貌。

（一）對唐代詩歌風華的獨特評價

唐詩的豐富性與特殊性，歷來為研究者所特別重視的議題，強調唐詩富含多樣化的題材以及風格，葉慶炳與劉大杰對這樣的現象均認為時代穩定的經濟與政治造就了詩歌的風華年代。聞一多研究唐詩秉持深入究底的精神，論述的立場與觀點不同於二十世紀初期研究者對唐詩分派的特點描述，例如：胡小石的《中國文學史講稿》雖然以齊梁派和復古派講述初唐詩歌的特色，這卻是談述由齊梁風格邁向復古運動的過程。鄭振鐸《插圖本中國文學史》特別從唐代律詩為齊梁遺風變本加厲的結果，李維《詩史》所論的初唐詩歌，並無特殊觀點，承襲前人的流派介紹。胡雲翼《唐詩研究》注意到初唐不僅只有那纖麗的筆法，還存有北方氣魄的壯麗美感。楊啓高《唐代詩學》著重介紹初唐的詩歌運動，從貞觀詩學和武后詩學分別論述其詩歌特色。

聞一多是二十世紀中葉開始深入討論每種不同詩風特色的變化。首先以初唐的宮體詩而言，他於 1941 年發表的〈宮體詩的自贖〉，其文不僅介紹了宮體詩的特色，依序描述齊梁宮體隨著朝代的更迭，進入隋、唐後不同的筆法，甚至不同於前人的研究，又進一步探討了宮體詩的演化，論及盧照鄰、駱賓王、劉希夷以及張若虛對宮體詩的改造，分析宮體詩於初唐的發展和演變，於是宮體詩到了最後則以張若虛〈春江花夜月〉洗淨那自簡文帝以來「沒筋骨、沒心肝」的筆法，以靈感為主，昇華情慾。初唐宮廷文學彌漫著南朝慕采尚秀的文風以及綺靡感蕩的內容。雖然這時候已經有一些文人開始出現反動的態度，例如：魏徵、令狐德棻、虞世南、李百藥等人持強硬的排斥態度，但受到時代文風的影響，口號仍是口號，實際表現出來的作品仍存有宮體詩的味道來，李百藥曾對宮體詩進行許多批判的詞彙，但回到自己寫作本身，卻又效法宮體詩的風格，例如〈少年行〉、〈戲贈潘徐城門迎兩新婦〉、〈火鳳詞〉、〈妾薄命〉等，比起蕭綱來都是有過之無不及的標準的宮體詩。

從文學的表現上來看，李百藥、虞世南等人看似離不開宮體詩的

範圍，卻並非全然如此。〈類書與詩〉是聞一多對唐初約略五十年裡「章句研究，類書的纂輯與文學本身的堆砌三方面的關係」所進行討論的文章。此文發前人所未言，認爲唐太宗追求的是類書式的詩，強調「他所追求的只是文藻，是浮華，不，是一種文辭上的浮腫，也就是文學的一種皮膚病」﹝註36﹞，甚至提出上官儀所提倡的六對、八對與之關係甚爲密切，還特別把李百藥、虞世南從宮體詩人中區分出來，稱呼爲類書式的詩人。日後的學者對這一個論點多存著一種暫疑的態度，沒有太多的批評，卻對此觀點的提出感到特別，因此當學者們探討初唐詩歌現象，〈類書與詩〉可說是一篇不得偏廢又無法完全得到繼承的文章。

　　繼之而後的便是盛唐詩歌的分類研究，聞一多以詩人爲經，分成三大復古階段，分別是齊梁陳時期、晉宋齊時期以及漢魏晉時期，從中細分類別，全以詩人爲類別的代表，並且標舉出他們所擅長的題材與內容，這樣的分類研究的確有別於一般的唐詩研究，雖然之後學者沒有傳承其論點，甚至分類方式有其瑕疵，標準不一，於本論文的第三章中便已提過此相關論點，故於此不再贅述，但這也凸顯唐代詩歌的多元風格以及互涉關係相當密切，才能就此歸類出如此獨特的情形。就參考價值而言，此言「復古」乃指盛唐擺脫齊梁詩的影響回到漢魏風骨的發展過程，所重視的不僅是詩歌的題材分類，進而認識詩的時代精神，才能了解到盛唐詩是如何跳出齊梁詩風格的藩籬走向復古運動的漢魏詩風格。另外，我們若暫且不論大詩人與小詩人之間的關係，只注意詩人寫詩所善用之題材的話，便能了解詩人的寫詩方向，例如：劉方平、張萬頃能作宮體詩；包融、賀朝、蕭穎士寫一般自然；邱爲、祖詠、盧象等專寫田園；崔國輔、丁仙芝和張朝專寫江南愛情；王翰、李頎、陶翰寫邊塞，又細分同樣寫自然的郭元振、閻防、鄭德玄等人不同於包融、賀朝、蕭穎士所寫的自然，諸如此類的

﹝註36﹞聞一多：《聞一多全集‧6》，頁9。

題材分類研究，頗具參考價值。

　　大曆年間是盛唐詩風向中唐演變的過渡期，「大曆十才子」正是這個時代的代表詩人群。鄭振鐸《插圖本中國文學史》對大曆十才子的評價爲「大曆時代的詩人們很不在少數，其盛況未亞於開、天」〔註37〕，直接將十才子的地位齊平於盛唐詩人，蘇雪林《唐詩概論》更細分大曆詩人的作品爲三派，一派是與杜甫相鼓吹的人生派；一派是表裡王維、孟浩然的田園派；一派以研練字句，工秀幽儁，借五七言律絕稱長的小詩派。〔註38〕聞一多未能完成整個唐代的詩歌研究，在一場演講死於非命的意外中，中唐大曆詩歌成了他研究唐詩的時代底限。他對大曆十才子的看法，相較於蘇雪林的研究，較從純文學的立場對十才子寫詩的題材與技法進行探討，總結有「寫的逼眞」與「寫的傷感」的兩大特點，並且詳細分析十才子的詩歌作品，凸顯時代下詩人產物的特色，此爲聞一多有別於其他學者所關注的角度，以後的學者同樣從時代政治下的詩人心理探討詩歌的表現之觀點，這類的文章有蔣寅〈時空意識與大曆詩風的嬗變〉〔註39〕、儲仲君〈試論「大曆十才子」詩作〉〔註40〕以及葛曉音〈詩變於盛衰之際——論大曆十才子的詩風及其形成〉〔註41〕等，皆認爲時代因素造就大曆十才子最重要的因素。另有一派不承聞說，其觀點似承蘇雪林的論點而發揚光大，論中唐大曆十才子與杜甫、王維、孟浩然之間的關係，例如游國恩等編著的《中國文學史》、陳慶惠〈關於大曆十才子的評價問題〉等。

〔註37〕鄭振鐸：《插圖本中國文學史》，北京：北京工業大學，2009 年，頁279。

〔註38〕蘇雪林：《唐詩概論》，頁 95。

〔註39〕蔣寅：〈時空意識與大曆詩風的嬗變〉，《文學遺產》，第 2 期，1990年 1 月，頁 75〜83。

〔註40〕儲仲君：〈試論「大曆十才子」的詩作〉，《晉陽學刊》，第 4 期，1984年 8 月，頁 68〜72。

〔註41〕葛曉音：〈詩變於盛衰之際——論大曆十才子的詩風及其形成〉，《唐代研究論叢》第 5 輯：中國唐代學會編輯部，1984 年，頁 167〜182。

綜而言之，有關大曆詩人的文學成就，或承聞說，或承他說，均提供讀者閱讀大曆詩歌的過程中，相異其趣的審美活動。聞一多對後學的影響在於多元的思考立足點，讀者可從各家的寫詩特色或是技巧，認識詩人表現憂傷情懷的寫作方法，此乃為知其然之現象，再透過政變對詩人所產生的心靈創傷，知其所以然，進而感悟詩人將感傷的情緒投射於詩歌中的原因，涵融時代與文藝審美的觀點，呈現唐詩多向的面貌。

（二）貫穿唐詩與前朝文學關係的歷史長河

唐詩能成為唐朝的代表文學，又能在詩史裡創造高峰，形成「羚羊掛角」意境的詩學典範，並非偶然，其有來自，聞一多引龔自珍詩曾言：

> 「落紅不是無情物，化作春泥更護花。」六代的「落紅」
> 到唐初已化作一團汙穢的「春泥」，但更燦爛的的第二度春
> 「花」——盛唐，也快出現了。〔註42〕

這段話表示唐詩的輝煌成就奠定在六代的文學之上。自南北朝起，文人有了文學自覺，探討詩歌聲律，往後產生劉勰《文心雕龍》的創作論以及文學史觀，尚有鍾嶸《詩品》的審美評鑑，此說明唐以前的文學理論日漸茁壯，等待更加肥沃的土壤滋養。在詩領域方面，南北朝發展出了不同主題內容的詩歌乃至唐代更加大發異彩，不僅內容多元化，意境也呈現出不同層次的美感。

〈宮體詩的自贖〉一文認為唐詩是在六朝文學的滋養中成長茁壯的，因此將唐詩與六朝詩之間進行文學演變的過程，將初唐視為六朝宮體詩的遺風，此外〈類書與詩〉將類書式的詩歌上溯至李善注《昭明文選》的編輯方式。這些都間接影響著唐初詩歌的表現手法，著重於詩文字的形式，卻忽略了深層的內涵，唯獨王績還保有個人心志的詩價值。從唐初的文學現象走進了盛唐初期，雖然仍見六朝的文學痕

〔註42〕聞一多：《聞一多全集‧6》，頁120。

跡，但盛唐中、晚期的詩人如雨後春筍般嶄露頭角，各長其才，各有風格特色，因此唐以降的各朝代詩學家依此分析各派的特色，提出唐詩的獨特性與豐富性。

　　一般而言，從初唐詩推溯至六朝宮體詩的淵源關係，這兩者之間息息相關，是諸多詩學家們所認同的文學影響效果，但〈唐詩要略〉以及〈詩的唐朝〉兩文提倡盛、中唐的詩卻是六朝詩風格的再現，此為唐詩復古運動的過程，茲錄相關論述如下：

> 這裡所謂「復古」，實指盛唐詩從擺脫齊梁詩的影響逐步回升到漢魏健康風格的發展過程。自東漢末年到六朝時代，我國作家的人生觀是如在夢境，即使干戈擾攘，他們還能夠那麼風流瀟灑，悠然自得。到了隋唐時代，才走出夢境面對人生，正視生活。懂得這一點，才能了解我國中古時代的詩。〔註43〕

此語道出聞一多的「復古」為階段歷程的展現，而非「復古」文學觀的表現，此處不談文以載道和文以明道的內容，更不論「大雅久不作，吾衰竟誰陳」的規諷詩歌，而是講述盛唐的復古運動是如何一步步走回漢魏風骨的詩風，並以六朝至漢魏各階段之間不同風格視為盛唐詩的發展狀況，故此盛唐具有齊梁陳時期、晉宋齊時期以及漢魏晉時期三個階段的復古過程，亦以此總括盛唐詩各詩派的風格。中唐以後，聞一多僅論至大曆詩人的情形，將大曆詩人與六朝齊梁時期的詩歌接軌，指出兩者之間的相似特點。

　　事實上，聞一多研究唐詩所提出的復古階段說，雖然較前人有系統地指出盛唐邁步復古詩風的階段，卻也因為試著以這三階段涵蓋盛唐詩的情形，在分類方面卻也出現了不少令人費解的歸納整理，茲舉一例說明。聞一多認為李白是縱橫派的主要代表，若從「縱橫」一詞來看，在古代文學中所代表的涵義乃指先秦游說各國的說客，於此指

〔註43〕鄭臨川紀錄，徐希平整理：《笳吹弦誦傳薪錄——聞一多、羅庸論中國古典文學》，上海：上海古籍出版社，2002 年，頁 102。

稱的「縱橫」用以形容詩人瀟灑性格的展現，但李白的確是一個性格矛盾的詩人，他具有浪漫派的細膩，亦有豪放的俠氣性格，因此民間樂府的江南愛情和邊塞詩派的奔騰豪情皆納入以李白爲主的代表風格之下。其實這也是凸顯了李白兩種截然不同的詩風，縱然李白詩歌存有尚俠精神以及豪放的性格，卻與邊塞詩所流露的豪情截然不同，向來稱李白爲浪漫派，但他的詩文中卻具有「飛流直下三千尺」的氣勢以及「轉石萬壑雷」的力量，也因爲才情豪邁能使情感的表達更爲奔放，傾瀉其磅礡的思想感情，所以李白的豪邁性格是不同於邊塞詩人的豪壯情感。再以杜甫來看，依照聞一多的歸納，分成專寫自然、天道、人事的詩人群，這些全都被視爲唐詩復古階段中漢魏晉時期的杜甫寫實派，承繼漢魏風格以詩寫志，以詩寫實的風骨情懷，卻未加以說明「自然、天道、人事」爲內容的詩歌是如何符合漢魏晉時期的詩歌表現，僅能從詩歌所表現的內容來看較唐代復古階段的齊梁陳時期和晉宋齊時期詩歌更爲貼近人事。但事實上唐代詩人並未只有聞一多所列舉歸納的詩人群，還有更多詩人未被探討，由此看來這樣的唐詩觀點並未獲得認同，但可以給予肯定的是他能大膽地提出復古階段說的理論，了解文學發展的情況。

　　有關中唐大曆詩人的論點，雖然在詩歌表現方面承繼齊梁時期的詩歌表現手法，但是因爲經過歷史事件的不同感受，在詩歌內容與情感方面仍有不同於齊梁時期的詩歌，尤其中唐是經過天寶年間的一場大亂，人人心靈都受到了創傷，因此詩人對於時節與人事的變遷都寄予無窮的感慨，亦凸顯了大曆詩歌藉由齊梁詩歌的表現手法呈現其情感內涵的獨特性。

　　從文學史的發展來看，聞一多的唐詩研究提供了文學演變的情形，以一種俯瞰法分析歷代的詩歌發展情形，首先擺脫斷代史的文學研究，探討各朝代文學之間的關聯性，認爲每個朝代的文學絕非突然興盛，而是有前代的文學作爲奠基，成爲往後文學發展的培養皿，不論是繼承或是反動，摹擬抑或創新，就是因爲前代文學作爲嚮導，才

能發展出各朝代不同的文學成就。唐詩不僅吸收六朝文學的滋養,聞一多更提到「從整個文學史來看,唐詩的確包括了六朝詩和宋詩,匯萃了幾個時代的格調,兼收並蓄,發揮盡致,古今詩體,至此大備」〔註44〕,充分展現唐詩與文學史之間的密切關係。

第二節　存在的問題和不足

　　此節探討聞一多唐詩研究過程中所衍生的問題,其唐詩觀雖然新穎卻仍有待商榷,故從唐詩風格的分類和考證缺失兩方面進行探討:

一、分類的失當

　　研究古代詩歌,如果沒有辯證的眼光,獨特的觀點,便無法凸顯研究者的論文價值,因此聞一多有別於斷代文學的研究方式,採以社會文化的背景研究探討文學產生的獨特性,跳脫傳統解讀詩歌方法的藩籬,使得文學與社會融為一體,互為表裡。

　　這樣的新式研究法也就是謝楚發所稱的「以詩證事」〔註45〕,加以證明行跡,使考據與賞析相結合。詩、事、史三者之間的相互參證,又加上資料的不完備,也讓聞一多的唐詩研究出現不少的問題,就以傅璇琮於上海世紀出版集團出版的《唐詩雜論》前言裡提到:

> 對於聞一多先生的唐詩研究,學術界存有不同的看法。特別是近些年來,聞先生論述過的好幾個問題,差不多都有爭論,有的雖然沒有提到聞先生的著作,但是很明顯,其基本論點與聞先生是不一致。如初唐詩,是否就是類書的堆砌與宮體的延續,唐太宗對唐初的文學發展,是否就只起消極作用,盧照鄰的〈長安古意〉、劉希夷的〈代悲白頭翁〉、張若虛的〈春江花月夜〉,是否就如聞先生所說的屬於宮體詩的範圍,他們在詩壇的意義用「宮體詩的自贖」來概括是否確

〔註44〕可參見鄭臨川記錄、徐希平整理:〈詩的唐朝〉,《笳吹弦誦傳薪錄——聞一多、羅庸論中國古典文學》,頁78。
〔註45〕謝楚發:〈聞一多的唐詩研究方法試探〉,頁323。

切，「四傑」在初唐詩歌史上的出現，是一個整體，還是兩
種不同的類型，孟浩然是否即是「為隱居而隱居」而沒有思
想矛盾，中唐時的盧仝、劉義，是否是「插科打諢」式的人
物，賈島是否就那樣的陰暗灰色，等等。〔註46〕

這代表了聞一多有關初唐類書詩和宮體詩的論點受到了考驗，除了聞
一多之外，學界極少談述類書詩的情形，主因是類書與初唐承繼六朝
以來的宮體詩用字難以區別，又於〈宮體詩的自贖〉一文包含了盧照
鄰的〈長安古意〉、劉希夷的〈代悲白頭翁〉、張若虛的〈春江花月夜〉
等詩歌，尤以〈春江花月夜〉一詩的歸屬問題，為學界熱烈討論的詩
歌，如程千帆〈張若虛「春江花月夜」的被理解和被誤解〉〔註47〕、
周振甫〈「春江花月夜」再認識〉〔註48〕、吳小如〈說張若虛「春江
花月夜」〉〔註49〕。學界探討宮體詩多以詩文字為判斷的標準。由此
觀之，將盧、劉、張三人的詩歌列入宮體詩是令人難以理解的觀點，
傅璇琮則認為聞一多是從「審美活動」以及「哲理研究」的立場探討
詩歌，表現「文學的藝術史觀」以及「文學的感悟能力」〔註50〕。但
這樣的論點難免過於虛幻，牽涉更廣的是研究者對於文學的感悟能
力，更無實質的依據可言，因此這樣的觀點自聞一多提出之後，便走
入唐詩接受史上的「點」而已，沒有「線」的延續，也沒有「面」的
學說形成，但又無法抹滅此觀點的價值。接續而下的是〈四傑〉的說
法。傅璇琮談到「『四傑』在初唐詩歌史上的出現，是一個整體，還
是兩種不同的類型」，其實在本論文前面章節早有提及此相關論點，
亦是從不同的角度分類，故各有所據，孰非孰是，難以辨證。

〔註46〕傅璇琮：〈前言〉收入在聞一多：《唐詩雜論》，上海古籍出版社，2006
　　　　年，頁1。
〔註47〕程千帆：〈張若虛「春江花月夜」的被理解和被誤解〉，《文學評論》，
　　　　1982年第2期，頁18～26。
〔註48〕周振甫：〈「春江花月夜」再認識〉，《學林漫錄》第七集，中華書局，
　　　　1983年，頁75～82。
〔註49〕吳小如：〈說張若虛「春江花月夜」〉，《北京大學學報》，1985年第5
　　　　期，頁58～66。
〔註50〕此可參見傅璇琮：〈前言〉收入在聞一多：《唐詩雜論》，頁13。

　　另外，〈賈島〉一文對賈島的評價是善於五律，昔為僧人，受其癖好影響，風格陰暗，這樣的描述其實並非是對賈島的批評，反而凸顯其獨特成就之處，透過詩人的生活談述寫詩風格與特色的關係，亦代表了時代階段下的共同精神，這樣的一種研究方法，多運用於探討其他詩人的詩歌特色，例如：杜甫、岑參等，以詩學史的立場探討詩歌的脈絡，因此杜甫成了盛唐晚期詩人群的共同杜甫，賈島也成了晚唐時期的共同賈島，李白也成為盛唐中某派的詩人群的共同李白，尚且不論這樣的分類瑕疵與否，由此得知聞一多欲以一位詩人作為每個不同階段的主要文學精神代表人物。

　　另外，本論文中未談及晚唐的部分，主因在於聞一多無專文談析晚唐詩歌的特色，若由聞一多選詩的情形來看，在那個兵荒馬亂的年代，常常發生所談的詩選以及所選的詩歌，有時前後不一，因此貿然以聞一多選晚唐詩歌的情形，探析其晚唐詩歌的看法，是很容易發生詮解偏差的，這些現象在前面第三章的部分均有論述，故此不再贅述。晚唐之中，聞一多僅作過〈義山詩目提到〉，雖然未對李商隱有過深入的探析，此人卻是影響他現代詩學的重要人物，高國藩所著的《新月的詩神　聞一多與徐志摩》〔註 51〕以及張陸洲〈英雄失路綿邈情深──論聞一多對李商隱詩歌的接受〉〔註 52〕皆論述了李商隱詩歌對聞一多現代詩所表現的朦朧語言、隱喻和寄託有著直接的影響，此種寫詩風格，令聞一多自稱「極端唯美主義」的詩派之中。〔註 53〕雖然高國藩借由李商隱在唐代詩壇的詩歌成就辯證聞一多非「極端唯美主義」，而他將東方的李商隱和西方的濟慈視為中西詩壇相互輝映的

〔註 51〕高國藩：《新月的詩神　聞一多與徐志摩》，臺北：臺灣商務印書館，2004 年。

〔註 52〕張陸洲：〈英雄失路　綿邈情深──論聞一多對李商隱詩歌的接受〉，《湖北師範學院學報（哲學社會科學版）》，第 2 期，2012 年，頁 43～46。

〔註 53〕聞一多在 1922 年 9 月 29 日於芝加哥寫給梁實秋吳景超的信中，曾言自己是個「極端唯美主義」。此可參考聞一多：《聞一多全集·2》，頁 81。

詩人，目的仍在凸顯國學精粹的光輝。

此外，他從 1922 年至 1923 年的書信中不斷以李義山的詩歌作為西方詩歌意象派所較勁的對象，充分展現東方詩歌美學的優勢所在，並以自己的現代詩作〈秋色〉一詩，將西方的濟慈與李商隱相提並論，提到「我要借義山濟慈底詩，唱著你的色彩！」，進一步又強調學習李商隱之所以重要，就在於詩藝的表現，故言：「我想我們主張以美為藝術之核心者定不能不崇拜東方之義山，西方之濟慈了。」亦用袁枚的詩論來闡釋詩的要素：「我以前說詩有四大原素：幻象、感情、音節、繪藻。隨園老人所謂『其言動心』是情感，『其色奪目』是繪藻，『其味適口』是幻象，『其音悅耳』是音節。」由此開始準備包括韓愈、李商隱在內的六大詩人的研究計畫。〔註54〕這些都是他早期的詩學理念，《唐詩大系》卻是他回國任教後，才開始選詩作為課堂教材的依據。聞一多於《唐詩大系》中選李商隱詩有二十四首，分別為〈無題〉「八歲偷照鏡」、〈宮中曲〉「雲母濾宮月」、〈蟬〉「本以高難飽」、〈落花〉「高閣客竟去」、〈河清與趙氏昆季宴集得擬杜工部〉「勝概殊江右」、〈無題〉「昨夜星辰昨夜風」、〈無題〉二首「來是空言去絕踪」、「颯颯東風細雨來」、〈無題〉「相見時難別亦難」、〈錦瑟〉「重過聖女祠」、〈二月二日〉「二月二日江上行」、〈隋宮〉「紫泉宮殿鎖煙霞」、〈九成宮〉「十二層城閬苑西」、〈馬嵬〉「海外徒聞更九州」、〈杜工部蜀中離席〉「人生河處不離群」、〈樂遊原〉「向晚意不適」、〈天涯〉「春日在天涯」、〈無題〉「紫府仙人號寶燈」、〈嫦娥〉「雲母屏風燭影深」、〈柳〉「曾逐東風拂舞筵」、〈宮辭〉「君恩如水向東流」、〈夜雨寄北〉「君問歸期未有期」、〈憶住一師〉「無事經年別遠公」，若由他早期的詩學理念分類聞一多對李商隱的看法，將誤歸李商隱為西方唯美主義的一派，實為不妥。聞一多之所以重視李商隱乃因西方現代詩的影響，讓他能從東方詩歌中汲取技巧，展現新詩美學成就。金尚浩又

〔註54〕以上書信內融鈞見於聞一多：《聞一多全集‧2》，1922 年至 1933 年的書信內容。

於《中國早期三大新詩人研究》中提出聞一多的詩歌美學理念有前、中、後三階段的變化，〔註55〕故由他早期的詩歌理念論述李商隱詩歌分類的情形以及歸結他對晚唐詩的看法，實爲不妥。聞一多晚期的詩歌美學理念是偏好現實主義，著眼於社會價值的詩歌，表述詩人於生活中的眞實情感，再從《唐詩大系》中所選錄的李商隱詩歌中的確是兼含聞一多早期和晚期的新詩美學理念，只待能有更多的資料，能勾勒出更完整的晚唐詩歌文學史觀。

綜觀以上的論點，聞一多的分類仍無法涵蓋一位詩人的不同詩歌表現，也無法以一個詩人爲代表概括諸多唐代詩人的詩歌特色，也因爲這樣的分類，在討論詩人的歷史公案時，卻必須略而不談。就以杜甫來說，聞一多不以「詩史」來稱呼杜甫，而是以「社會派」稱呼杜甫，一來是因爲「詩史」一詞被運用爲整個唐詩在歷史中的功能，以「詩的生活化，生活化的詩」之概念串連所有的唐詩，便是詩的歷史。二來唯有稱呼杜甫爲「社會派」，才能涵蓋歸屬其的自然、天道、人事，強調貼近人生。

二、待考證的生卒年

聞一多的唐詩研究除了對唐詩進行審美分析，探討寫作風格、形式、題材與特色之外，亦在考證方面做了不少的工夫。傅璇琮對此亦有相關論述，茲錄這段話如下：

> 聞先生的另一部唐詩著作《唐詩大系》，是一部唐詩選本，書中所選的作家大多標有生卒年。這是聞先生對於唐詩所作的考證工作的一部分，在一個較長的時期內爲研究者所信奉，有時還作爲某些大學教程的依據。但這些年以來，有不少關於唐代詩人考證的論著，對書中所標的生卒年提出異議，另立新說。

〔註55〕金尚浩：《中國早期三大新詩人研究》（臺北：文史哲出版，2000 年7 月），頁 303〜316。

這句話表示曾經被視爲考察唐代詩人生卒年的典範，卻因爲考證資料逐漸增多，學界辯證論析詳細，因此提出與聞一多考證不同的生卒年，就以韋應物的生卒年來說，《唐詩大系》考證韋應物生於玄宗開元二十四年（西元 736 年），而萬曼〈韋應物傳〉〔註56〕和傅璇琮〈韋應物繫年考證〉〔註57〕均認爲韋應物當生於開元二十五年（西元 737 年）。關於韋應物的卒年，萬曼認爲無法推斷韋應物什麼時候去世的。傅璇琮推測，韋應物大約在貞元七、八年間（西元 791～792 年）卒於蘇州。另外，有關錢起的生平亦是値得進一步討論的議題，傅璇琮對聞一多《唐詩大系》定錢起生於西元 722 年的說法表示懷疑，於是以〈錢起考〉一文考辨錢起當生於西元 710 年左右，又糾正了錢起於天寶十載登進士第的舊說，認爲在天寶九載，當時座主是李暐而非李麟。馬鬥全〈關於錢起的登第時間與座主〉〔註58〕認同傅璇琮的看法，其座主亦非李暐，而是十年之主考官李麟。除此之外，還有盧綸以及戎昱、李端等人的生卒年均有可再商榷的地方，但是這樣的考證雖有出入，卻無法判定孰是孰非，主因是考證依據的材料不同，所持的論點便有所差異。

　　聞一多不論是在唐代詩人生卒年、生平遊歷或是其詩歌方面，均有著嚴謹的歸納與整理，從傳統典籍中列出與研究對象有關的資料，再從中爬梳可互相參證的說法，以此爲據作爲結論，但是隨著研究方法與資料蒐尋的進步，補足了聞一多研究唐詩時未見的材料。楊炯的生卒年，聞一多認定「楊炯（650～695？）：華州華陰人」，但於《唐詩大系》後所附錄的唐人小傳，卻未有任何年份的推論，僅以「年十二舉神童，……上元二年，應制及第」概述而過，今以傅璇琮的考校，可以得知卒年約在公元 693 或 693 年後的幾年中，

〔註56〕萬曼：〈韋應物傳〉，《國文月刊》，1947 年第 60 期，頁 23～27+32。
　　　　〈韋應物傳續〉，《國文月刊》，1947 年第 61 期，頁 23～28。
〔註57〕傅璇琮：〈韋應物繫年考證〉，《唐代詩人叢考》，頁 269。
〔註58〕馬鬥全：〈關於錢起的登第時間與座主〉，《江海學刊》，1991 年 5 月。

茲舉原文辯證如下：

> 本文第一節所述，楊炯於上元三年（676）應制舉及第，補
> 校書郎之職，時年二十七歲。……但楊炯究竟于何年卒，
> 仍不可確考。楊炯有〈後周明威將軍梁公神道碑〉（《楊盈
> 川集》卷六），文中「謂粵以大周長壽二年歲次癸巳二月辛
> 酉朔二十四日甲申，遷窆于雍州藍田縣驪山原舊塋」。這是
> 楊炯詩文有年可系之最後的一篇，長壽二年爲西元693年，
> 也就是楊炯授盈川令的第二年，也就是說，楊炯在 693 年
> 二月尚在人世，在此之後就不得而知了，或即卒於此後幾
> 年之內。聞一多先生《唐詩大系》系其卒年爲 69（5？），
> 於 695 年下打一問號，表示不確定之意，是比較慎重的，
> 但爲何定於 695 年，不得其說。馬茂元《唐詩選》（人民文
> 學出版社 1960 年版）、中國社會科學院文學研究所《唐詩
> 選》（人民文學出版社 1978 年版）皆定其卒年爲 692 年，
> 較《唐詩大系》早三年，均以選授盈川令之年爲其卒年，
> 蓋未查閱楊炯集中《梁公神道碑》者。從目前所能獲知的
> 材料，我們只能說，楊炯當卒於西元 693 年或 693 年後的
> 幾年中，確切的卒年無考，其年歲則爲四十四歲或四十四
> 歲稍大一些。〔註59〕

此文指出楊炯生年上元三年（676），時年二十七歲，故往前推論，生
年當約650年無誤，此與聞說吻合。但卒年部分，聞一多並未有任何
文獻考辨，傅璇琮於此援引了碑文佐證，論〈後周明威將軍梁公神道
碑〉可能爲楊炯詩文有繫之年的最後一篇，故定楊炯卒年爲692年，
顯然不合詩文繫年，而聞一多定695？年，乃求慎重，表達楊炯並非
完稿即逝，卻也解釋不出693至695年間從何而來，故此仍待更有力
之考證資料予以解惑。

　　有關杜審言的生卒年，聞一多明確指出（648？～708），蘇雪林
認爲其年代約當公元645～710年間〔註60〕，所涵蓋的範圍更廣於聞

〔註59〕傅璇琮：〈楊炯考〉，《唐代詩人叢考》，頁8～17。
〔註60〕蘇雪林：《唐詩概論》，頁31。

說，傅璇琮則認為杜審言生年應當 648 之前才是，茲舉論證文字如下：

> 根據宋之問〈祭杜學士審言文〉（《全唐文》卷二四一），杜審言卒于唐中宗景龍二（年 708）〔詳見下文考〕。又據《舊唐書》卷一九〇上《文苑上杜審言傳》：「年六十餘，卒。」由此上推六十年，為 648 年，即太宗貞觀二十二年。《舊唐書》本傳只說是杜審言六十餘歲卒，沒有記載確切的年歲，因此他的生年也無法確定，但決不會晚於 648 年，只能在 648 年之前。大約在 648 年前的幾年之內。聞一多先生的《唐詩大系》定其生年為 648 年，大致不差，後來不少文學史著作或唐詩選本即根據聞說。但據現存文獻材料，只能說杜審言生於 648 年之前數年內，至於具體在何年，應當說還不能確定。〔註61〕

引宋之問〈祭杜學士審言文〉考證生年應當「生於公元 648 之前」，且論聞一多考訂 648？詳細年限為「大致不差」，但事實上杜審言六十餘歲卒，依此「餘」字往前推論，可表示杜審年生年確實於公元 648 之前，而非剛好在 648，故此聞一多生卒年考證，則以確切年限為基準，其前後年間的推論，即以「？」待考。由此看來，這樣的標誌方式確實比蘇雪林明確許多，不易形成年限之間交代不清的情形。

　　另外，聞一多標示唐詩人生卒年，常有未證論斷的情形，除了杜審言的生卒年有這樣的情形出現，李端的卒年考證亦是明顯的例子，茲以傅璇琮的考證如下：

> 盧綸有詩題為〈得耿湋司法書，因敘長安故友零落，兵部苗員外發、秘省李校書端相次傾逝，潞府崔功曹峒、長林司空丞曙俱謫遠方，余以搖落之時，對書增歎，因呈河中鄭倉曹，暢參軍昆季〉（《全唐詩》卷二七七）我們從盧綸事蹟中，已可考知此詩作於興元元（年 784）至貞元三（年 787）之間，則李端之卒也當在這幾年之中。聞一多先生《唐詩大系》定

〔註61〕傅璇琮：〈杜審言考〉，《唐代詩人叢考》，頁 24。

> 李端的生卒年爲：743～782？。743 年不知何據，782 年爲
> 建中三年，這時盧綸還未至河中渾瑊幕府，朱泚之亂還未發
> 生，暢當還未任參軍之職，盧綸詩中毫無提及李端之卒事（以
> 上關於盧綸、暢當事蹟的記述，可參看本書《盧綸考》一文）。
> 可見，李端之卒，當在興元元年之後數年間盧綸在河中之
> 時。聞一多先生所定李端卒年不確。〔註62〕

此處以盧綸〈得耿湋司法書，因敘長安故友零落，兵部苗員外發、秘省李校書端相次傾逝，潞府崔功曹峒、長林司空丞曙俱謫遠方，余以搖落之時，對書增歎，因呈河中鄭倉曹，暢參軍昆季〉一詩考證聞一多提到李端卒年 782 年是有誤的，首先傅璇琮先考訂此詩作於興元元年（784）至貞元三年（787）之間，因此若依照聞一多將李端卒年定於 782 年的話，無法說通兩人之間的交游情形，因此傅璇琮才論斷李端卒於 784～787 年之間。至於有關李端的生年，聞一多曾於《全唐詩人小傳》及《唐詩大系》提到「李端生於西元 743 年左右」，卻無任何舉證說明。之後，王定璋撰〈略論李端和他的詩歌〉〔註63〕，指出宋人葛立方《韻語陽秋》提及錢起妒忌李端的公案是無端編造的，亦認爲李端約生於天寶三、四年（西元 744、745 年）間，正可補足聞說的缺失。

　　綜上而論，聞一多相較於清代以前的相關研究，展現出來的是更有系統性的資料整理，透過抄寫的方式，依次條列排序，論證詩人的生平經歷。以今視之，隨著出土材料以及研究方法的精進，傅璇琮、萬曼、馬鬥全等人指出聞一多考證唐代詩人生平的不足與缺失，更說明了論點只能做爲當代最好的解釋，而無法視爲最對的說法，今日爲是，他日爲非，永遠在這論證的迴旋圈不斷地來往反覆。故此，不論材料或是方法的新舊，聞一多的研究精神與邏輯性的系統思考是值得後學所效法的，更有助於資料的整理與論證。

〔註62〕傅璇琮：〈李端考〉，《唐代詩人叢考》，頁 515。
〔註63〕王定璋：〈略論李端和他的詩歌〉，《青海民族學院學報》，第 1 期，1989 年，頁 43～49。

小　結

此章探析聞一多研究唐詩的價值與缺失，其價值在於對史料文獻爬羅剔抉，裁剪史料之匠心，尤其有關詩人生平的資料收集，可謂詩人彙編，雖然不甚完備，卻可見其用功至深，因此可清楚了解詩人的生平概況。未刊與未定稿的《全唐詩人小傳》、《全唐詩補傳》甲乙以及附在《唐詩大系》之後的詩人小傳，這四處介紹詩人的相關資料，其內容廣及經、史、子、集四部，並以條列式的方式呈現，展現邏輯性極強的思考模式。

另外，聞一多採文學史的立場詮釋唐詩的發展情形，相較於唐詩分派的說法，蘊含豐富的文學脈絡，故而從初、盛、中唐詩歌的現象往前推溯前朝的文學關聯，以復古階段說肯定唐詩於每個階段中所承繼的風格、特質，寫作技巧與題材內容等等。

但是聞一多的唐詩研究並非無失誤可言，就以詩人的生卒年來說，日後學者紛紛提出不同的看法，借由新時代新材料之便，更精準地查考詩人的生平，予以推翻聞一多的觀點。此外，類書式的詩歌、宮體詩的自瀆、詩人分類的情形以及盛唐復古階段說的觀點，雖然獨創卻仍有許多值得再商榷的地方，此與他的《詩經》研究一樣，提出許多創新的想法，能提供另一種角度來看這些經典文學。

第六章　結　論

第一節　聞一多唐詩新義的歷史定位

　　每個國家擁有自己不同的文學體系，〈文學的歷史動向〉一文曾提及不同國家各有不同主流文學，分別論述不同文體的優點與特色，如言印度、希臘的文學「是比較近乎小說戲劇性質的」〔註1〕；中國和以色列的文學「都唱著以人生與宗教爲主題的較短的抒情詩」〔註2〕，此說明世界各國所展現的文學形式不盡相同，只因發展先後的次序有別而已。

　　聞一多不論是從國內清華預備學校所受到的西洋教育，或是出國留學汲取西洋文學理論，皆因此奠下了學術視野的基礎。爰此，他從比較文學的立場探究西方與中國各類文藝的表現形式，注意到印度和希臘以戲劇與小說爲主流文學，中國則是以「抒情詩」爲正統文學，並接續評論小說和戲劇於發展之初，「往往以各自不同的方式夾雜些詩」〔註3〕，讀者可從中沉潛涵詠，發現詩的痕跡，丕顯的印記即是以詩的原形存在各朝代的詩歌中，隱微的語感乃以詩語言的意涵呈現散文句法。由此可知，詩不可能一直作爲自古至今的主流文學，卻能

〔註1〕《聞一多全集・10》，頁16。
〔註2〕《聞一多全集・10》，頁17。
〔註3〕《聞一多全集・10》，頁17。

以不同的形式流露詩的特質。

　　各朝代均有不同主流的文學體式，楚國以騷體爲主，漢代流行賦體，六朝盛行駢文，唐代以詩爲生活化的展現，宋詞元曲亦不例外。聞一多認爲「抒情詩」既然是中國文學最早發展的文藝形式，往後楚騷、漢賦、唐詩、宋詞、元曲與詩就有著密切的血緣關係，故言：「賦、詞、曲，是詩的支流，一部分散文，如贈序，碑志等，是詩的副產品，而小說和戲劇又往往以各自不同的方式夾雜些詩。」〔註4〕這段話擴大詩的領域，賦爲介於詩文之間的文體，詞由詩發展而來稱爲詩餘，曲接續在詞之後，自然而然成爲詩的支流，甚至在詞、曲中仍見到不少化用詩句的作品，或者小說和戲劇夾雜著詩作，揭櫫詩在中國文學裡是個不可或缺的元素，爰此聞一多認爲「從西周到宋，我們這大半部的文學史，實質上只是一部詩史」〔註5〕。詩在文學舞臺上，從西周至宋一直支配著整個文學的發展，但到了宋元以後，小說與戲劇逐漸成爲了文學舞臺的主角，因此聞一多才提出「中國文學史可能不必再寫，……從此以後是小說戲劇的時代」〔註6〕，他一窺中國文學形成的條件，探賾詩歌涵融其中的審美意念，故詩歌未完全隱退在文學發展的未來之途，只是以配角的立場醞釀著小說和戲劇的文學內涵。

　　由此可知，聞一多所認知的中國文學史就是詩史，而第七大期的「故事興趣的覺醒」就是屬於「小說戲劇的時代」。以下針對聞一多文學史的階段分期，透析唐代詩歌所歸屬的階段，從而確立唐詩於詩史的重要意義，茲從兩方面簡要敘說。

（一）中國文學史即爲一部詩史

　　聞一多對文學史的研究不主朝代文學研究，而是採取文學形式的歷程研究，於〈四千年文學大勢鳥瞰〉一文，將中國傳統文學劃分爲

〔註4〕《聞一多全集・10》，頁17。
〔註5〕《聞一多全集・10》，頁17。
〔註6〕《聞一多全集・10》，頁17。

四大階段八大期，階段的劃分以文學的族群為主，第一階段是「本土文化中心的轉成」，彰顯文學以中國文化的內涵為主。向來文字學領域所關注的銘文、甲骨文以及陶文，不被視作文學來看，因為它並不代表任何的文學審美意涵，銘文以頌讚王室；甲骨文以占卜問事；陶文以符號記事，實為上古時期本土文化的代表。第二階段是「本土文化區域的擴大」，意指由文化的符號轉成文學性的文字，代言的是人民及文人的聲音，故此分化為白話（散）與文言（韻）兩種不同類型的文體，於人民方面的文學代表為《詩經》；文人方面的文學代表為漢賦，即可概括出百姓與文人的生活面貌，亦可據之以觀人情而徵人心。第三階段是貴族文人的文學作品，涵蓋了曹植到曹雪芹之間的文人，其文學形式包含了詩、詞、曲和小說，詩的餘韻已邁入尾端，掘地而起的是小說形式的文學體式。第四階段為文學的大循環，時間點由民國七年起至今，因為人民的教育逐漸普及，文學不再是權貴者的獨有財產，文學的內容又返回第一階段全民大眾的文學，但興起的文學形式為小說和戲劇，因此被視為新循環的開始。這樣一個循環其實就是從西方的文學來看中國文學的循環期，其步調就如同印度和希臘初期的主流文學（小說和戲劇）一樣。

文學的四大階段裡，聞一多又細分為八大時期，分別為第一大期黎明、第二大期五百年的歌唱、第三大期思想的奇葩、第四大期一個過渡期間、第五大期詩的黃金時期、第六大期不同型的餘勢發展、第七大期故事興趣的醒覺、第八大期偉大的期望。依此可知，第一期至第四期主要是以內容意涵為分類標準，第五至第七大期則以以文體為主，第八大期卻是「偉大的期望」，凸顯聞一多對文學發展的期望。綜上三種不同的分類標準所展現的訊息，聞一多在分類上並沒有採取統一的標準，此為缺失所在。

唐詩介於第五期和第六期之間，打破唐詩分期，從歷史文化的立場探討文學發展，所以經濟與政治成了影響詩歌形式與內容最重要的因素，融合詩人的特質，發展時代精神的文學特色，構成一種精煉、

含蓄、自然又富多重意蘊的詩歌感染力。職是之故，此處展現的是時代下的共同文學，先勾勒時代文學的整體特色，再進一步細細玩味個人所嶄露的文學趣尚。

雖然聞一多〈四千年文學大勢鳥瞰〉一文打破傳統的唐詩分期研究，但是在細談唐詩的過程中，又以初、盛、中、晚四期為唐詩階段的依據，兼具同中有異和異中有同的觀點，此說明唐代伴隨著歷史發展的階段而有不同的風貌，但在時代政治變革的前後，仍有相同的文學色彩，故又以文學大勢劃分不同的文體的發展趨勢。

從聞一多研究唐詩的論點來看，唐代的歷史分期凸顯唐詩與時代背景之間的關係，爬梳各階段不同風格的唐詩，從中找出相同的主題內容，探析社會歷史事件對詩人所造成的影響，以及政治制度下所引領的詩歌風氣，說明文體類別興盛的原因。這樣一來，唐詩分期便具有不可輕忽的重要意義，乃因分期由唐代的歷史事件以及政治社會的概況加以劃分的，故詩歌內容的取向便能一目了然，亦能論析文學作品的時代精神。

（二）唐代詩史的發展演變

唐詩各階段不同的表現，是經由文學發展比較而來的，若僅從一種文學現象來看，無法知道文字的華靡與質樸、內容的大景與小物以及情感的瀟灑與感傷之差別，亦由各時代的文學現象，可看出朝代之間文學的承繼情形。雖然明代胡震亨在《唐音癸籤》裡曾論「唐人選唐詩」所持標準不一致的問題，他也歸結從南北朝至唐代的文學現象，其文曰：

> 詩自蕭氏《選》後，艷藻日富，律體因開，非專重風骨裁甄，將何淨滌余疵，肇成一代雅體？逮乎肄習既一，多乃征賤，自複華碩謝旺，閒婉代興，不得不移風骨之賞于情致，衡韻調為去取。〔註7〕

〔註7〕明・胡震亨：《唐音癸籤》卷三十一，上海：古典文學研究出版社，1957年，頁266。

此語提到自從蕭統編選《昭明文選》之後，文學趨向藻麗綺靡，此風氣延續至唐初，律體始成，應試所需，詩家莫不學之，蔚成風行。此時若非風骨再現，裁融所好，難以洗淨唐初浮虛無實的詩歌，以回復古時大雅之作。蘇珊玉以明・胡震亨之語歸結自殷璠、高仲武和姚合唐人選唐詩的審美標準，視「風骨」為盛唐詩歌的藝術表現，故言「盛唐以後，由風骨之賞，轉為衡韻調為去取的美學風貌……」〔註8〕。筆者亦採胡震亨「華碩謝旺，開婉代興」的說法做為初、盛、中唐詩歌各階段發展大勢中的細微變化，依此分述如下：

1. 初唐詩與六朝詩之間的文學關係

初唐詩與六朝詩之間最明顯的文學關係就是宮體詩的表現，聞一多從初唐宮體詩題材與手法的角度，探析詩學史的演變與發展。本文依聞一多的論述反覆推勘後，探析題材的表現有「市井人情的改造、情感傾懷的洗淨以及宇宙意識的昇華」三方面，並發現四傑於詩歌題材方面，開啓視野，從閨房園林至鄉間巷道，甚至歌樓酒肆，就連表現手法亦有衝破寫情柔靡的藩籬，不再侷限於個人對於愛情的蹙眉長歎，以及字句的精密斟酌，而是邁向聲情與節律所引發的情感。

如盧照鄰〈長安古意〉一詩，曾提及男女纏綿緋惻，糾葛交錯的情感，經由聞一多的分析之後，將其視為宮體詩的範疇，但此詩以長篇歌行大開大闔的節奏，展現自由的意境與市井的題材，但是依據前文對宮體詩的情感與文字表現，盧照鄰〈長安古意〉不該屬於典型的宮體詩表現方式，爰此依照各詩集的編類，均歸類在七言古詩或七言歌行即可。

此外，又如劉希夷以柔情溫和的筆觸展現癡情男女的情懷，擺脫了南朝愛慕矯情的告白，聞一多又將〈代悲白頭翁〉詩句所造成的不幸視為劉希夷的讖詩，將男女情感昇華至詩人的生命境界，論其宇宙人生境界的展現，延伸到張若虛〈春江花月夜〉詩歌的題材，由人間

〔註8〕蘇珊玉：《盛唐邊塞詩的審美特質》，頁483。

男女情愛談述到宇宙永恆，所以人的生命短暫卻多情牽掛，與天地剛健不息的永恆形成鮮明對比，以淡淡的憂傷帶過愁語，掃盡六朝延續至初唐輕浮華艷的文字。再以張若虛的〈春江花月夜〉而言，實不該將之納入宮體詩的範疇，可謂完全脫離了宮體詩的表現方式。但是，自從聞一多〈宮體詩的自贖〉將〈春江花月夜〉與〈長安古意〉視爲宮體詩的改造之後，又加上許總《唐詩體派論》承此觀念，論其價值，往後有關這兩首詩的賞析篇章，或多或少均會提及〈宮體詩的自贖〉一文的內容，成功地展現其價值所在。

聞一多認爲唐代尚有另一種「類書式」的詩歌，此代表人物爲李百藥、虞世南等人，他們都是曾經編纂過類書的文學家，故寫文賦詩如囊中探物般輕而易舉，而這樣的觀點卻間接否定了詩人的創作價值，僅能視爲的機械填詞的形式主義而已。嚴格來說，類書式詩與宮體詩的言辭是難以區分的，更何況要試著從中抽繹出唐代的字庫用語與類書字庫之間的關係，更是難上加難，因此這類的詩歌始終未能在詩學史上佔有一席之地。

初唐詩綺麗華美的詩風俯拾即是，卻也有與之風格迥異的詩歌，王績和陳子昂就是這一類的詩人，其作品展現了個人心志的內涵。聞一多認爲王績的人生經驗類似陶淵明，但經由葉嘉瑩析論兩人的心理狀態，可知兩人始終有別，王績的隱包含了「由仕而隱」以及「求而不得才回來隱的」，不同於陶淵明的是自己「選擇了躬耕」，因此兩人的文藝心理是不可同日而語的。另外，子昂被聞一多認爲是初唐詩人，主要是凸顯初唐綺靡詩風裡與眾不同的詩人與詩歌，但若從子昂的詩歌表現來看，的確在初、盛唐兩個時期有著承上啓下的地位，可是若從〈感遇〉組詩看子昂詩歌分期的情形，應較吻合盛唐詩的表現，正如蘇珊玉以子昂的文學主張，從詩歌中探析其文學理論的實踐，呈現「興寄」與「風骨」審美意涵。

四傑中的王勃和楊炯是初唐詩律聲情的先行者，此在文學史上是無庸置疑的說法，詩律由沈佺期和杜審言成其大，經由聞一多對

各律體的賞評，大約可分為三種不同的表現特質。王勃善以流麗的
筆法表現雄健的氣勢，楊炯則以語麗音鴻的文字展現渾厚的風格，
較王勃更重視高亮的字音。杜審言、王無競以及崔融等詩人所展現
的是直樸渾厚的風格，用字方面沒有王、楊兩人來的亮麗，卻有一
種豪縱的情感，此時已擺脫了宮體詩的範疇，呈現另一種截然不同
的面貌。但詩律所呈現的風貌，沈佺期的五律擅長呈現含蓄雅致的
意涵，例如〈雜詩〉在情感方面的展現，似訴不訴，含蓄溫柔；以
七律展現一氣呵成的格律，可以〈古意贈補闕喬知之〉為例，不論
是在內容亦或情感的表達上，甚至在字句方面皆能展現一位詩人運
用律體得心應手的表現。在聞一多的論述研究下較具價值的是有關
律體的文學史演變，能注意到王、楊在律體方面的貢獻，以及沈、
宋等人的律體成就，賞析了這些詩人的詩歌，亦呈現了一條律體文
學史的脈絡。

2. 盛唐詩的復古階段說

聞一多回溯六朝的文學，縱向發微抉隱初唐詩歌現象，又進一步
鉤沉盛唐詩歌復古漢魏、晉宋和齊梁詩歌的文學觀，並以詩人為分類
的主要代表，描述詩歌特色，細分以下不同派別的詩人群，因此盛唐
的王維乃共同的王維、李白成了共同的李白、杜甫為共同的杜甫，分
別為詩風的代表人物，本文依此探析各復古階段的詩歌特色，並指出
缺失之處。

盛唐初期的詩壇延續著宮體詩富麗高華的詞風，經過了盧照鄰、
駱賓王的改造以及劉希夷、張若虛的洗淨，盛唐的宮體詩儼然成了麗
而不淫的文學體質與格調，常理、蔣冽、梁鍠等均為此派的代表詩人。
劉方平以及張萬頃的詩歌開始將題材轉為窗外的景色，拉大畫面，甚
至將男女的情感帶到了外景，把詩人的心理空間擴展至開闊的境界，
感受到詩歌溫柔婉約的含蓄美，因此在秀麗的文字下亦有描繪山水、
花鳥和風月之類的自然詩。但胡大雷曾察考唐代宮體詩的現象，以唐
代的玉臺體為類宮體詩的詩歌表現，卻又不全然屬於宮體詩的風格，

因此聞一多僅以「宮體詩」涵蓋了齊梁至盛唐中具有綺靡文字、男女情感的詩歌，思慮似未周到。

唐詩的發展臻至盛唐充實輝光，種種備美，就盛唐復古階段而言包含了齊梁陳、晉宋齊和漢魏晉時期的復古階段。在晉宋齊時期方面，自然山水詩派以王維為代表人物，分為專寫自然、田園以及寺觀的詩人；另一為縱橫派以李白為代表，分為專寫言情與邊塞的詩人。在這些分類當中，李白詩歌的分類最具爭議，聞一多以李白為縱橫派，但依據本論文的研究可知聞一多是以俠客的瀟灑性格談其詩歌的表現，歸屬於李白下的詩人群，包括了江南情感與塞外情結的豪放風格。從詩歌的情感來看，富含奔放的性情與坦率的告白，但唯獨李白的詩歌分類標準不同於其他盛唐的復古分類，因此由詩歌回溯詩人的分類，聞一多之見亦有令人費解之處。

唐代帝國充滿著盛世太平風華年代，盛唐詩歌洋溢著迷人的異域色彩和歡宴樂飲的安定生活，卻在一場安史之亂後，詩人們親身經歷戰亂的悲傷，顛沛流離的過程，藝術審美發生明顯轉變，寫實主義詩人以描繪時代紛爭的現況，凸顯百姓不堪其擾的痛苦。聞一多以杜甫詩歌重現漢魏風骨的文藝活動，統攝專寫自然、天道和人事的詩人群，如舉郭元振、薛奇童、張九齡、李華、沈千運與張彪等人，用以彰顯詩歌寫實人生的特色。儘管此類題材內容貼近人生，然與杜甫相比，藝術造詣則有明顯差距，一來詩人們在情感上的表現程度不盡相同，杜甫悲天憫人的心志遠比其他詩人來得沉鬱深重；二來詩歌在題材上並不能以杜甫概括整個自然、天道與人事的內容。

質言之，盛唐復古階段說的觀點乃以追慕前人及時人的詩歌意涵，表達題材與思想相近的審美追求，不可否認的是唐代文學界曾興起復古運動，在整個文學史上亦可探詩尋跡找出文學脈絡，但若僅以復古談論整個盛唐的文學現象，其實有失盛唐詩歌獨絕的神韻風致，以及盛唐氣象的豐富性與多樣性，此為聞一多過度連結前後文學史脈絡的未周延之處。

3. 大曆詩人詩歌與齊梁詩的關係

　　安史之亂後，盛唐政治危機日益惡化，政壇的災變導致社會現象哀鴻遍野，隨處瀰漫著悲愴的氣氛，趨步進入了中唐時期。此時，中唐大曆十大才子以逼真的筆法呈現感傷的情懷，仿效齊梁詩歌的表現手法，細膩展現詩人對時世所感悟的情感，故聞一多認為「他們的詩是齊梁風格而經張說所提倡改進過的，雖時髦而無俗氣，境界趣味完全繼承了張說這一派。」〔註9〕此說法邏輯同於聞一多研究盛唐詩現象的過程，覓尋一位與大曆詩歌風格表現最為相近的詩人，統攝十才子的詩歌表現，以之為跳板，回溯詩歌復古的情形。

　　本文探析每位詩人以及每篇詩歌所組成的結構與修辭，無一定規準，故不從結構與修辭的角度分析詩歌，卻可從中發現十才子能詳細寫出別離時、思念與閑暇的人、事、時、地、物，將詩人的生活經歷刻劃地栩栩如生、歷歷在目，宛如詩人的生活呈現在讀者的眼前。聞一多指出十才子的作品具有「逼真的筆法」的特色，原因在於十才子以自身對時代所感發的情緒，寄寓於詩，對實際生活面貌的描述，表達以別離道憂傷情懷、由思念訴無奈感慨與借閑暇隱憂傷情思的情感內容，此為十才子「寫得逼真」之處。至於大曆詩歌在題材內容方面多取用春光、秋景、小景小物以及風流逸致四類，作為情感興發所依附的對象；在情感方面的呈現，不完全襲用齊梁詩歌中的男女之情，大曆詩人則是借此題材截取時代的斷面，表達詩人心中的悲慟情懷。

　　要之，聞一多對大曆詩人心境的分析，讀者由此將之相較於盛唐詩，可從中體悟到大曆詩所流露濃厚的主觀自我情感，並通過動靜交織、虛實相生、情濃語淡以及意味深長的情景交融，凸顯其詩歌於不同時代下所展現的特點，此即唐代詩歌能於詩史中樹立一席之地的獨特審美境界。

〔註9〕鄭臨川紀錄，徐希平整理：《笳吹弦誦傳薪錄——聞一多、羅庸論中國古典文學》，頁123。

第二節　聞一多唐詩研究探微的意義

劉介民、林繼中、鄭臨川等人皆以文學史的立場談述聞一多的唐詩研究，但從聞一多對文學史的定義來看，「從西周到宋，我們這大半部的文學史，實質上只是一部詩史」〔註10〕意指文學史不再是探討各種文體的發展史，而是將中國各文體的發展皆看成是一部「詩史」，各文體皆與詩有著密切的關係。由此觀之，「抒情詩」主導著中國文學的發展。

在這部詩史中，唐詩以詩的形式呈現，聞一多唐詩研究探微的意義，約而言之有二：首先，詩人、詩歌與時代風氣融為一體，重視時代風氣所形成的流派，不以詩人為單一流派的代表，因此對於某些詩人而言，這位詩人兼具了數個流派與詩風的代表。其次，聞一多對於唐詩的分析，乃將詩人的生命歷程與詩歌交融合一，經由創作抒發情懷，更能表現詩歌裡所寄寓的理想，並以摘句作為全詩的靈魂中心，時而憂傷，時而奔放，時而柔靡的情感，以及對於人事的關懷，皆融入在詩人的生活遭遇之中。

要之，聞一多的唐詩研究在尋求中國文學的主體性，因此以「抒情詩」為中國文學的代表，視為詩的發展演變史，並將小說和戲劇與之作為文明古國相互輝印的文學。在這一段詩學史的發展過程，以唐詩最具代表，說是唐詩不如說是「詩唐」，即詩的發展歷史中如唐代一般，正是輝煌極盛的時刻，唐以前各朝代各文學的特色挹注於本朝的文學，以聲律的輔助、文辭的精鍊及章法的靈動，創造高躅的文學成就。詩人為詩歌注入智性的生命以及時代精神，展現唐代文學在不同階段所蘊含的特質，詩人亦從詩歌中表現關懷、憂傷、志忑以及不求名利的心志，固然未能治癒此紛亂的現況，卻能從中尋得心靈滋養的憑藉，凸顯聞一多唐詩研究在詩學史中的價值。以下從本文各章要旨，分兩點歸結之。

〔註10〕聞一多：《聞一多全集・10》，頁 17。

（一）「知人論世」的文化接受

「知人論世」即爲作家與其所處時代的文化接受，有著重要的聯繫。一方面對同一時代的作家群，其時代環境、社會狀況以及詩壇藝術風範的殊異，作一比較，歸結唐人選本所指涉的特殊意義；另一方面，對同一位詩人的詩歌，綜合時代變遷，考察思想與志趣的意涵，呈現唐代每個階段詩歌的主流特色，以凸顯同中有異的文藝發展。

聞一多透過「唐人選唐詩」的選本：《翰林學士集》、《國秀集》、《河嶽英靈集》、《玉臺後集》、《丹陽集》、《篋中集》，由此審視唐詩的各種文學現象，不論是在文字，或是情感方面皆能由魏晉至唐的文學演變裡尋繹痕跡。在文字方面，文藻華麗還是質樸無華，抑或音諧律正，皆透顯詩人的文筆特色；在情感方面，矯情造作、風骨剛毅或清新自然，皆可見唐代詩人對於情感的態度，此所展現的是唐詩多元而豐富的文學面貌。

初唐盛行宮體詩，由詩知人，以人曉世，可以認識當時所盛行的詩壇風貌，聞一多以盧、駱爲其代表，劉希夷和張若虛繼其後，洗淨宮體舊制，披以新貌，盡情揮灑題材和情感內容，昇華人間情愛。此外，因爲帝王喜好編制類書，上行下效，竟也產生類書式的詩歌，堪稱類書式詩人應爲虞世南和李百藥，同時多爲帝王與群臣之間的應答詩，其選本《翰林學士集》所錄詩作亦多爲綺靡華麗的文字。但此時期也出現一種截然不同的詩歌面貌，由王績所引領的陶詩精神，以及陳子昂展現的纏綿超曠，聞一多對此特別強調兩人「仕」與「隱」之取捨進退，凸顯自隋入唐的初唐詩人，於政壇上所面臨的困境。

詩歌發展越演越烈，唐帝國輝煌的功績造就詩的盛世，文人可以多留心於文學，呈現多元化的詩之面貌，聞一多始分析唐詩聲律的審美意涵，提出王勃和楊炯對五律體的貢獻，並論沈佺期、杜審言和宋之問三人的詩歌特質，又加上科舉制度重視律體的考試，以及詩歌在生活中的用途，合樂以饗宴或娛樂，故有了《國秀集》和《河嶽英靈集》兩部選本，選錄了不少優秀的詩歌，並開始著重詩歌的審美意涵，

追求風骨與興象的特質。聞一多以復古階段說談述盛唐詩的現象，並詳加考證王維、孟浩然、李白和杜甫等人的生平概況，他們不論是天生詩才抑或積學所成，皆能以詩歌展現他們透視萬物與體悟人情之後所獲得的靈感，其詩歌風格與特色也大異其趣，分別成為盛唐復古齊梁陳、晉宋齊以及漢魏詩歌的代表人物，其餘的盛唐詩人就在聞一多的分類下，歸屬於這三類的復古詩風。

聞一多以《篋中集》所收錄的五古，期待能再現漢魏風骨中悲天憫人的情懷，雖然此選本未收錄杜甫的詩歌，但是他的作風與此選本的確是相近不遠的。是故，聞一多由此談述盛唐詩歌的發展，走向關懷社會現實的題材，連結至杜甫現實主義的詩歌表現。繼之而來的是中唐大曆詩人，他們經歷過安史之亂，在心靈創傷之後除了對社會人事感到憂傷之外，寫詩技巧方面走向了齊梁詩中那細膩逼真的描繪，更著眼於現實社會中的人、事、物。

要之，聞一多以群體詩人所表現的詩歌特色為研究對象，透過唐人選唐詩的輯本，分別從初、盛、中唐各時期頗具特色的詩集，視為同時期出現各類詩歌的代表，論述唐代的詩歌發展。初唐時期，《翰林學士集》所代表的是類書式詩歌和宮體詩。盛唐時期出現許多不同的選本，各代表輯者的詩歌理念，也凸顯當時所流行的詩歌特色，《玉臺後集》喜艷詩；《國秀集》取可合樂的詩歌；《河嶽英靈集》注重格律、風骨與興象的詩歌特質；《丹陽集》中的詩歌以清新為主；《篋中集》所錄的詩歌更代表當時有一群詩人忌聲病，偏愛語言通俗流暢，描摹細膩生動的詩語言。雖然這幾本詩選均不選杜詩，但是聞一多重視杜甫在詩歌史上的重大意義，將杜甫放在《篋中集》所引領的詩歌復古運動之後，以此過渡到大曆詩人的詩歌表現。爰此，聞一多對唐詩的接受乃以「唐人選唐詩」的選本作為時代詩歌表現的代表。

（二）「詩無達詁」的時代精神

每首詩歌含有詩人創作的理念，以及自我觀照的幽微細語，因此

能讓讀者感受到雋永而溫潤的韻味。身為文本接受者的讀者,他們均有自己的年代,也有獨自的想法,因此編輯詩選的同時就是一本文藝的再創作,展現讀者的文學主張,從評析中了解文本接受者對詩歌的新體悟,著實豐富了「詩無達詁」的理解意涵。

聞一多從唐代詩歌中找尋群聚型的詩歌表現,每個群聚各有獨自的特色,代表了唐代詩歌不同的主流文化。爰此,頗具獨特風格的選本即被聞一多視為時代精神之代表,而這些唐詩選本的編輯者各有自己的理念,皆為唐詩各時期不同的時代特色。唐人以獨特的意念收錄詩歌,彰顯作品的本質,但是幾經文本接受者的解讀之後,卻能從不同的角度接受相同的文本。誠如前面章節所討論一些詩歌,以孟浩然〈夜歸鹿門山歌〉為例,不少的詩評皆以「幽」字談其隱居的心志,聞一多從現實中拆穿了孟浩然的真實面目,以〈望洞庭贈張丞相〉等詩說明他其實心在魏闕,未能完全擺脫關心國事的擔憂。再者,一向被視為七古的盧照鄰〈長安古意〉以及頗富哲理的張若虛〈春江花月夜〉,誰又能料到經過聞一多的妙筆新解之後,卻變成了宮體詩洗淨後的代表作。此外,陳子昂、李白、杜甫和儲光羲等人的詩歌成就,在聞一多的評賞之下呈現特別的獨特見解。聞一多取詩雖然承自唐代頗具代表的詩集,卻又從詩人的生平背景重新詮釋詩歌,其說法提供了不一樣的解讀觀點,豐饒了詩歌本身的內涵。

但是這幾部選本均忽略了杜甫的詩歌成就,幸好宋代江西詩派傳承杜甫的詩歌特色,呈現了唐、宋兩朝不同的詩歌審美觀,若非蘇軾首倡「杜子美詩,格力天縱,奄有漢、魏、晉、宋以來風流」〔註11〕,為杜詩集大成之說,提高了杜甫的詩歌地位,早已湮沒在唐人選唐詩的審美標準之下。各朝代的詩歌總有大家與小家之分,為時所重者乃大家也,氣象規模不足以千百里之大觀者為小家者,由此可知,唐代小家者眾矣,更有不少的詩人各自為立,卻容易被唐人選唐詩的輯本

〔註11〕宋・蘇軾:〈書唐氏六家書後一首〉,《東坡全集》,卷九十三,《文淵閣四庫全書》,頁 1108～502。

所忽略，因此各朝代來看詩人在詩學地位的升降情形，亦可認識唐之小家，若在他朝，卻成為大家的詩人。聞一多從歷代詩評家對杜甫詩歌的肯定，特別將之歸類在盛唐詩歌漢魏復古階段的主要代表人物，更是此派集大成者，雖然在《全唐詩人小傳》中沒有載錄蘇軾〈書唐氏六家書後一首〉的詩句，但是此觀念卻與蘇軾有著異曲同工之妙，為「詩無達詁」增添了詩歌審美意念的價值。

綜言之，詩選僅能代表輯者的文學主張，無法視為時代詩風特色的全貌，就如山水風景千百里之大觀，獨有風格的地景為遊勝必經之地，但其中仍有一丘一壑，雖然未始不佳，亦足以怡情養目，不失小眾詩家之地位。文本接受者解讀唐詩，不論是從字、詞、韻或是意境的角度理解詩意，持著各自所領悟的意涵，發揮詩人匠心獨運的構思以及繁複多姿的藝術手法，就算是大家之作，亦能讀出新穎的感觸，賦予新的形象。至於小家詩歌，聞一多終究未能全面囊括，亦不失其探析研究，進而尋得線索，將之附於大家之下，以保有唐詩主流文化的特質，賦予詩史上的地位，流露唐詩情致委婉、意境雋永、文字脫俗以及旨趣昭然的獨絕藝術。

徵引文獻

（古籍以作者年代爲序，今人專著依出版年爲排列）

壹、聞一多相關文獻

一、聞一多著作

1. 《聞一多全集》聞一多，臺北：里仁書局，2000 年。
2. 《笳吹弦誦傳新錄——聞一多、羅庸論中國古典文學》鄭臨川紀錄，徐希平整理，上海：上海古籍出版社，2002 年。
3. 《聞一多全集》聞一多，武漢：湖北人民出版社，2004 年。

二、聞一多相關專著

1. 《聞一多研究文集》雲南教育出版社編輯，昆明：雲南教育出版社，1990 年。
2. 《聞一多》魯非、凡尼選評編輯，臺北：海風出版社有限公司，1993 年。
3. 《論聞一多及其他》袁千正，湖北：湖北人民出版社，1993 年。
4. 《聞一多年譜長編》聞黎明，侯菊坤編，武漢：湖北人民出版社，1994 年。
5. 《聞一多詩學論稿》李子玲，臺北：文史哲出版社，1996 年。
6. 《詩人聞一多的世界》康鴻棣，上海：學林出版社，1996 年。
7. 《聞一多的文化觀及其他》吳宏聰，廣州：廣東高等教育出版，1998 年。
8. 《聞一多新論》蘇志宏，北京：中央編譯出版社，1999 年。

9. 《中國早期三大新詩人的研究》金尚浩，臺北：文史哲出版社，2000年。

10. 《聞一多學術思想評傳》張巨才、劉殿祥，北京：北京圖書館，2000年。

11. 《聞一多尋覓時空的最佳點》劉介民，北京：文津出版社，2004年。

12. 《新月的詩神聞一多與徐志摩》高國藩，臺北：商務印書館，2004年。

13. 《聞一多》許琇禎，臺北：三民書局，2006年。

貳、專書

一、唐詩總集及箋注

1. 《古唐詩合解》清・王堯衢註；李模、桓同校，上海：春明，1946年。

2. 《唐宋詩醇》清・清高宗御選，臺北：臺灣中華書局，1971年。

3. 《御定全唐詩》清・清聖祖御定，《文淵閣四庫全書》，臺北：臺灣商務印書館發行，1983年。

4. 《全唐詩增訂本》清・清聖祖御定；中華書局編輯部點校，北京：中華書局，1999年。

5. 《大曆詩略箋釋輯評》清・喬億選編；雷恩海箋注，天津：天津古籍出版社，2003年。

6. 《全唐詩外編》中華書局合編，北京：北京中華書局，1982年。

二、詩話、詩論及文學批評相關專著

1. 《詩品》梁・鍾嶸，《文淵閣四庫全書》，臺北：臺灣商務印書館發行，1983年。

2. 《文心雕龍》梁・劉勰，《文淵閣四庫全書》，臺北：臺灣商務印書館發行，1983年。

3. 《二十四詩品》唐・司空圖，《文淵閣四庫全書・文章辨體彙選》，臺北：臺灣商務印書館發行，1983年。

4. 《河嶽英靈集》唐・殷璠，《文淵閣四庫全書》，臺北：臺灣商務印書館發行，1983年。

5. 《滄浪詩話》宋・嚴羽，清・何文煥輯：《歷代詩話》，北京：中華書局，1982年。

6. 《唐詩紀事》宋・計有功，臺北：木鐸，1982年。

7. 《歲寒堂詩話》宋・張戒,清・丁福保編:《歷代詩話續編》,北京:中華書局,1983 年。

8. 《竹莊詩話》宋・何谿汶,《文淵閣四庫全書》,臺北:臺灣商務印書館發行,1983 年。

9. 《庚溪詩話》宋・陳巖肖,清・丁福保編:《歷代詩話續編》,北京:中華書局,1983 年。

10. 《吟窗雜錄》宋・陳應行,北京:中華出版,1997 年。

11. 《詩話總龜》宋・阮閱,北京:人民文學出版社,2005 年。

12. 《苕溪漁隱叢話》宋・胡仔,臺北:世界書局,2009 年。

13. 《瀛奎律髓》元・方回,《文淵閣四庫全書》,臺北:臺灣商務印書館發行,1983 年。

14. 《詩法家數》元・楊載,清・何文煥編:《歷代詩話》,北京:中華書局,1982 年。

15. 《詩林廣記》元・蔡正孫輯,《文淵閣四庫全書》,臺北:臺灣商務印書館發行,1983 年。

16. 《瀛奎律髓彙評》元・方回選評;李慶甲集評校點,上海:上海古籍出版社出版,2005 年。

17. 《唐音癸籤》明・胡震亨,上海:古典文學出版社,1957 年。

18. 《詩藪》明・胡應麟,臺北:廣文書局,1973 年。

19. 《唐詩鏡》明・陸時雍,臺北:臺灣商務,1978 年。

20. 《藝苑卮言》明・王世貞,丁福保輯:《歷代詩話續編》,北京:中華書局,1983 年。

21. 《養一齋詩話》明・潘德輿,郭紹虞編:《清詩話續編》,上海:上海古籍出版社,1983 年。

22. 《餘冬詩話》明・何孟春,北京:中華,1985 年。

23. 《唐詩品彙》明・高棅,上海:上海古籍出版社,1988 年。

24. 《全唐風雅》明・黃克纘,臺北:國立中央圖書館,1991 年。

25. 《唐詩廣選》明・李于鱗,濟南:齊魯書社,2001 年。

26. 《唐詩解》明・唐汝詢,保定:河北大學出版社,2001 年。

27. 《唐詩歸》明・鍾惺、譚元春輯:《續修四庫全書》,上海:上海古籍出版社,2002 年。

28. 《詩源辨體》明・許學夷,《續修四庫全書》:上海:上海古籍出版社,2002 年。

29. 《唐音統籤》明‧胡震亨,《續修四庫全書》,上海:上海古籍出版社,2002 年。

30. 《四溟詩話》明‧謝榛,北京:人民文學出版社,2012 年。

31. 《昭昧詹言》清‧東方樹,臺北:廣文書局,1962 年。

32. 《詩法易簡錄》清‧李鍈,臺北:臺蘭,1969 年。

33. 《圍爐詩話》清‧吳喬,臺北:廣文書局,1973 年。

34. 《唐詩別裁》清‧沈德潛,臺北:臺灣商務,1978 年。

35. 《一瓢詩話》清‧薛雪,清‧丁福保編:《清詩話》,上海:上海古籍出版社,1978 年。

36. 《說詩晬語》清‧沈德潛,清‧丁福保編:《清詩話》,上海:上海古籍出版社,1978 年。

37. 《葚原說詩》清‧冒春榮,清‧丁福保編:《清詩話》,上海:上海古籍出版社,1978 年。

38. 《漁洋詩話》:清‧王士禎,清‧丁福保編:《清詩話》,上海:上海古籍出版社,1978 年。

39. 《載酒園詩話》清‧賀裳,郭紹虞編:《清詩話續編》,上海:上海古籍出版社,1983 年。

40. 《石洲詩話》清‧翁方綱,郭紹虞編:《清詩話續編》,上海:上海古籍出版社,1983 年。

41. 《甌北詩話》清‧趙翼,郭紹虞編:《清詩話續編》,上海:上海古籍出版社,1983 年。

42. 《貫華堂選批唐才子詩》:清‧金聖嘆:《金聖嘆全集》,江蘇:江蘇古籍出版社,1985 年。

43. 《歷代詩話》清‧吳景旭,臺北:臺灣商務,1986 年。

44. 《石園詩話》清‧余成教,杜松柏主編:《清詩話訪佚初編》,臺北:新文豐出版社,1987 年。

45. 《薑齋詩話箋注》清‧王夫之原著;戴鴻森箋注,北京:人民文學出版社,1992 年。

46. 《薑齋詩話》清‧王夫之,北京:人民文學出版社,1998 年。

47. 《唐詩評選》清‧王夫之,保定:河北大學出版社,2008 年。

48. 《唐詩摘鈔》清‧黃生,合肥:安徽大學出版社,2009 年。

49. 《歷代詩評注讀本》王文濡編,北京:中國書店出版,1984 年。

50. 《唐宋詩舉要》高步瀛選注,臺北:學海出版社,1989 年。

51. 《文心雕龍論集》：陳耀南，香港：現代教育研究社，1989 年。

52. 《唐詩百話》施蟄存，臺北：文史哲，1994 年。

53. 《唐詩彙評》陳伯海，杭州：浙江教育出版，1995 年。

54. 《文心雕龍學綜覽》：中國文心雕龍學會編，上海：上海書店出版社，1995 年。

55. 《詩境淺說》俞陛雲，北京：北京出版社，2003 年。

56. 《唐詩選本提要》孫琴安，上海：上海書店，2005 年。

57. 《校注人間詞話》王國維著；徐調孚校注，臺北：頂淵文化事業有限公司，2007 年

三、唐代詩人詩集、選集及箋註

1. 《唐才子傳校箋》宋・辛文房；傅璇琮主編，北京：中華書局，1987 年。

2. 《唐人行第錄（外三種）》岑仲勉，上海：上海古籍出版社，1978 年。

3. 《唐代的詩人》平岡武夫、市原亨吉，上海：上海古籍出版社，1991 年。

4. 《唐人軼事彙編》周初勛，上海：上海古籍出版社出版，1995 年。

5. 《唐代詩人叢考》傅璇琮，北京：中華書局，2003 年。

（1）王績

1. 《王績集編年校注》唐・王績撰；康金聲、夏連保校注，太原：山西人民出版社，1992 年。

2. 《王無功文集五卷本會校》韓理洲，上海：上海古籍出版社，1987 年。

（2）陳子昂

1. 《新校陳子昂集》唐・陳子昂，臺北：世界，2012 年。

（3）王維

1. 《王右丞集箋注》唐・王維；清・趙殿成箋注，臺北：中華書局，1984 年。

2. 《王維新論》陳鐵民，北京：北京師範學院，1990 年。

3. 《王維集校注》陳鐵民，北京：中華書局 1997 年。

4. 《王維探論》皮述民，臺北：聯經出版社，1999 年。

5. 《王維詩選》唐・王維、民國・陳鐵民選註，北京：人民文學出版社，2002 年。

（4）常建

1. 《常建詩集》唐・常建：天祿琳琅叢書景宋臨安本，北京故宮影本。

2. 《常建詩集》唐・常建，《文淵閣四庫全書》，臺北：臺灣商務印書館發行，1983 年。

（5）李白

1. 《李太白全集》唐・李白著、清・王琦注，臺北：華正書局，1979 年。

2. 《李白集校注》唐・李白著、瞿蛻園注，臺北：里仁書局，1981 年。

3. 《李白研究》葛曉音，武漢：湖北教育出版社，2002 年。

（6）岑參

1. 《岑參評傳》：廖立，北平：人民文學出版社 1990 年。

2. 《岑參集校注》陳鐵民、侯忠義，臺北：漢京文化事業有限公司，1985 年。

3. 《岑參詩集編年箋註》劉開揚箋註，成都：巴蜀出版發行，1995 年。

（7）高適

1. 《高適詩集編年箋註》劉開揚，臺北：漢京文化事業有限公司，1983 年。

（8）杜甫

1. 《錢注杜詩》唐・杜甫、清・錢謙益注，香港：中華書局，1973 年。

2. 《杜詩詳註》唐・杜甫、清・仇兆鰲注，臺北：里仁書局，1980 年。

四、詩集、文集、雜記專著

1. 《莊子集釋》春秋戰國・莊子著；清・郭慶藩輯，臺北：頂淵文化事業有限公司，2005 年。

2. 《異物志》漢・楊孚，北京：中華書局，1985 年。

3. 《周易正義》魏・王弼著；晉・韓康伯注；唐・孔穎達疏等正義，臺北：藝文印書館，2001 年

4. 《庾開府集箋註》北周・庾信撰、清・吳兆宜註，臺北：臺灣商務印書館發行，1983 年。

5. 《荊楚歲時記》南朝梁・宗懍，《文淵閣四庫全書》，臺北：臺灣商

務印書館發行，1983 年。

6. 《玉臺新詠》陳・徐陵，《文淵閣四庫全書》，臺北：臺灣商務印書館發行，1983 年。

7. 《北堂書鈔》唐・虞世南輯、清・孔廣陶校註，臺北：宏業，1974 年。

8. 《初學記》唐・徐堅，《文淵閣四庫全書》，臺北：臺灣商務印書館發行，1983 年。

9. 《極玄集》唐・姚合，《文淵閣四庫全書》，臺北：臺灣商務印書館發行，1983 年。

10. 《蕭茂挺文集》唐・蕭穎士，《文淵閣四庫全書》，臺北：臺灣商務印書館發行，1983 年。

11. 《李遐叔文集》唐・李華，《文淵閣四庫全書》，臺北：臺灣商務印書館發行，1983 年。

12. 《丁卯集箋註》唐・許渾撰、清・許培榮箋注，《續修四庫全書》，上海：上海古籍出版社，2002 年。

13. 《才調集補注》五代・殷元勳輯、清・宋邦綏補注，上海：上海古籍出版社，2002 年。

14. 《事物紀原》宋・高承，正統九年建安陳氏刊本，北京圖書館影印本。

15. 《樂府詩集》宋・郭茂倩，臺北：世界書局，1961 年。

16. 《文苑英華》宋・李昉，北京：中華書局，1982 年。

17. 《欒城集》宋・蘇轍，臺北：臺灣商務，1983 年。

18. 《紺珠集》宋・朱勝非，《文淵閣四庫全書》，臺北：臺灣商務印書館發行，1983 年。

19. 《方輿勝覽》宋・祝穆，上海：上海古籍出版，1991 年。

20. 《唐文粹》宋・姚鉉編，上海：上海古籍出版，1994 年。

21. 《文體明辨序說》明・徐師曾，臺北：長安出版社，1978 年。

22. 《古詩紀》明・馮惟訥，《文淵閣四庫全書》，臺北：臺灣商務印書館發行，1983 年。

23. 《升菴集》明・楊慎，《文淵閣四庫全書》，臺北：臺灣商務印書館發行，1983 年。

24. 《石倉歷代詩選》明・曹學佺，臺北：臺灣商務，1986 年。

25. 《黃檗山寺志》明・釋隱元，《續修四庫全書》，上海：上海古籍出版社，2002 年。

26. 《全上古三代秦漢三國六朝文》：清・嚴可均輯、章鈺、葉景葵跋，北京：中華書局，1958 年。

27. 《津門雜記》清・張燾，臺北：文海書局，1962 年。

28. 《顧炎武日知錄》清・顧炎武，臺北：明倫出版社，1971 年。

29. 《閩中理學淵源考》清・李清馥，《文淵閣四庫全書》，臺北：臺灣商務印書館發行，1983 年。

30. 《義門讀書記》清・何焯，《文淵閣四庫全書》，臺北：臺灣商務印書館發行，1983 年。

31. 《淵鑑類涵》清・張英、王士禎、王惔等人編撰，北京：中國書店，1985 年。

32. 《漢書地理志補注》清・吳卓信，北京：北京出版社出版發行，2000 年。

33. 《重修安徽通志》清・吳坤修等修；何紹基、楊沂孫等纂：《續修四庫全書》，上海：上海古籍出版社，2002 年。

34. 《盛世危言》清・鄭觀應，《續修四庫全書》，上海：上海古籍出版社，2002 年。

35. 《草堂外集》清・檀萃，《續修四庫全書》，上海：上海古籍出版社，2002 年。

36. 《續古文苑》清・孫星衍輯，臺北：新文豐，2006 年。

37. 《士禮居藏書題跋記》：清・黃丕烈：《古書題跋叢刊》，北京：學苑，2009 年。

38. 《改亭詩文集》清・計東，上海：上海古籍出版社，2010 年。

39. 《飲冰室合集》梁啟超，上海：中華書局，1936 年。

40. 《章太炎全集》章太炎，上海：上海人民出版社，1985 年。

41. 《梁漱溟全集》梁漱溟，山東：山東人民出版社，1989 年。

42. 《胡適口述自傳》唐德剛譯註，上海：華東師範大學出版社，1997 年。

43. 《劉師培全集》劉師培，北京：中共中央黨校出版發行 1997 年。

44. 《魯迅全集》魯迅，北京：人民文學出版社，1998 年。

45. 《胡適文集》胡適，北京：北京大學出版社，1998 年。

46. 《胡適全集》胡適，合肥：安徽教育出版社，2003 年。

47. 《顧頡剛日記》顧頡剛，臺北：聯津，2007 年。

48. 《王國維文集》王國維，北京：中國文史出版社，2008 年。

49. 《蔡元培自述》蔡元培，北京：人民日報出版社，2011 年。

五、文獻專著

1. 《十三經注疏·孟子》戰國·孟子著、東漢·趙岐注、北宋孫奭疏，臺北：藝文印書館，2001 年。

2. 《荀子集解》周·荀況著；清·王先謙：《新編諸子集成》，北京：中華書局出版社，1992 年。

3. 《春秋繁露義證》漢·董仲舒著、蘇輿撰、鍾哲點校，《新編諸子集成》：北京：中華書局出版社，1992 年。

4. 《說文解字繫傳》漢·許慎撰；南唐·徐鍇傳釋，《文淵閣四庫全書》，臺北：臺灣商務印書館發行，1983 年。

5. 《說文解字注》漢·許慎撰、清·段玉裁注，上海：上海古籍出版社，2003 年。

6. 《廣雅疏證》魏·張揖、清·王念孫疏證，《文淵閣四庫全書》，臺北：臺灣商務書局，1983 年。

7. 《周易注疏》魏·王弼注；唐·孔穎達疏；唐·陸德明音義：《十三經注疏》，臺北：藝文印書館，2001 年。

8. 《山海經箋疏》晉·郭璞注；清·郝懿行，成都：巴蜀書社，1985 年。

9. 《爾雅》晉·郭璞，《續修四庫全書》，上海：上海古籍出版社，2002 年。

10. 《山海經》晉·郭璞，《續修四庫全書》，上海：上海古籍出版社，2002 年。

11. 《唐六典》唐·李林甫、張九齡，《文淵閣四庫全書》，臺北：臺灣商務印書館發行，1983 年。

12. 《大唐新語》唐·劉肅，北京：中華書局，1997 年。

13. 《唐摭言》五代·王定保，臺北：世界書局，1967 年。

14. 《唐語林》宋·王讜：臺北：世界書局，1967 年。

15. 《宋高僧傳》宋·釋贊寧，《文淵閣四庫全書》，臺北：臺灣商務印書館發行，1983 年。

16. 《集韻》宋·丁度，北京：中華書局出版，1989 年。

17. 《宋本廣韻》宋·陳彭年等重修、林尹校訂，臺北：黎明文化，2001 年。

18. 《古今韻會舉要》元·熊忠，《文淵閣四庫全書》，臺北：臺灣商務印書館發行，1983 年。

19. 《經義考》清‧朱彝尊，臺北：臺灣商務書局，1983 年。

20. 《四庫全書提要》清‧紀昀等編纂，《文淵閣四庫全書》，臺北：臺灣商務印書館發行，1983 年。

六、史學專書

1. 《史記》漢‧司馬遷：《文淵閣四庫全書》，臺北：臺灣商務印書館發行，1983 年。

2. 《新校本舊唐書》晉‧劉昫等，臺北：鼎文書局，1979 年。

3. 《後漢書》南朝宋‧范曄，《文淵閣四庫全書》，臺北：臺灣商務印書館發行，1983 年。

4. 《宋書》南朝梁‧沈約，《文淵閣四庫全書》，臺北：臺灣商務印書館發行，1983 年。

5. 《梁書》唐‧姚思廉，《文淵閣四庫全書》，臺北：臺灣商務印書館發行，1983 年。

6. 《唐國史補》唐‧李肇，《文淵閣四庫全書》，臺北：臺灣商務印書館發行，1983 年。

7. 《資治通鑑》宋‧司馬光編著；元‧胡三省音注，北京：中華出版，1956 年。

8. 《新校本新唐書》宋‧歐陽脩、宋祁奉敕撰，臺北：鼎文書局，1981 年。

9. 《資治通鑑補》宋‧司馬光編著；明‧嚴衍撰，《續修四庫全書》，上海：上海古籍出版社，2002 年。

10. 《隋遺錄》明‧胡應麟，上海：樸社，1933 年。

11. 《明史》清‧萬斯同：《文淵閣四庫全書》，臺北：臺灣商務印書館發行，1983 年。

12. 《文史通義》清‧章學誠，上海：上海書店（據商務印書館舊版本影印），1988 年。

13. 《經史避名匯考》清‧周廣業：《續修四庫全書》，上海：上海古籍出版社，2002 年。

14. 《國故論衡疏證》清‧章太炎撰、龐俊、郭誠永疏證，北京：中華書局，2008 年。

15. 《古史辨》呂思勉、童書業所編，上海：開明書店，1941 年。

16. 《中國文學史》游國恩等，北京：人民文學出版社，1963 年。

17. 《中國文學史》葉慶炳，臺北：臺灣學生書局，1987 年。

18. 《白話文學史》胡適，臺北：遠流出版，1988 年。

19. 《漢唐文學的嬗變》葛曉音，北京：北京大學出版社，1990 年。

20. 《中國文學發展史》劉大杰，臺北：華正書局，1991 年。

21. 《中國文學批評通史先秦兩漢卷》王運熙、顧易生著，上海：上海古籍出版社，1996 年。

22. 《中國古代文學史》馬積高、黃鈞主編，臺北：萬卷樓圖書出版社，1998 年。

23. 《中國思想史》韋政通，臺北：水牛出版社，1998 年。

24. 《中國文學史》臺靜農，臺北：臺大出版中心，2004 年。

25. 《唐詩學史稿》陳伯海，石家莊：河北人民出版社，2004 年。

26. 《南北朝文學史》曹道衡、沈玉成編著，北京：人民文學出版社，2006 年。

七、其他

1. 《中國新文學大系建設理論集》趙家璧主編，上海：良友圖書印刷公司，1935 年。

2. 《僞書通考》張心澂，上海：商務印書館，1954 年。

3. 《國學研讀法論集》梁啓超，臺北：牧童出版社，1974 年。

4. 《唐詩概論》蘇雪林，臺北：臺灣商務印書館，1975 年。

5. 《唐詩文學論著集目》羅聯添編，臺北：臺灣學生書局，1979 年。

6. 《學林漫錄》中華書局編輯部編，北京：中華書局，1983 年。

7. 《唐代研究論叢》第 5 輯：中國唐代學會編輯部，1984 年。

8. 《傳統文學與類書的關係》方師鐸，天津：天津古籍出版社，1986 年。

9. 《唐詩研究》，胡雲翼，臺北：商務出版社，1987 年

10. 《唐音佛教辨思錄》，陳允吉，上海：上海古籍，1988。

11. 《抒情傳統與政治現實》呂正惠，臺北：大安出版社，1989 年。

12. 《閱讀活動——審美反應理論》，Iser, Wolfgang（沃爾夫岡‧伊瑟爾）著；金元浦、周寧譯，北京：中國社會科學出版社，1991 年。

13. 《唐代研究論集》，中國唐代學會編，臺北：新文豐出版公司印行，1992 年。

14. 《訓詁與訓詁學》，陸宗達、王寧，太原：山西教育出版社出版，1994 年。

15. 《接受美學理論 Reception Theory》Robert C. Holub（羅勃 C・赫魯伯）著、董之林譯，臺北：駱駝出版社，1994 年。

16. 《全唐詩重出誤收考》，佟培基，西安：陝西人民出版社，1996 年。

17. 《憂與遊——六朝隋唐遊仙詩論集》，李豐楙，臺北：學生書局，1996 年。

18. 《論戴震與章學誠・章實齋的六經皆史說與朱陸異同論》，余英時，臺北：東大發行，1996 年。

19. 《清華人文學科年譜》，齊家瑩編，北京：清華大學出版社，1998 年。

20. 《師友雜憶》，錢穆，北京・生活・讀書・新知三聯書店，1998 年。

21. 《乾嘉考據學研究》，漆永祥，北京：中國社會科學出版社，1998 年。

22. 《唐研究》，榮新江主編，北京：北京大學出版社，1999 年。

23. 《唐詩風貌及其文化底蘊》，余恕誠，臺北：文津出版，1999 年。

24. 《唐詩論學叢稿》，傅璇琮，北京：京華出版社，1999 年。

25. 《盛唐邊塞詩的審美特質》，蘇珊玉，臺北：文津出版社，2000 年。

26. 《金明館叢稿二編》，陳寅恪，北京：生活・讀書・新知三聯書店；新華書店上海發行所發行，2001 年。

27. 《訓詁學新編》，毛遠明，成都：巴蜀書社，2002 年。

28. 《訓詁學大綱》，胡楚生，臺北：華正書局，2002 年。

29. 《中國選本批評》，鄒雲湖，上海：上海三聯書店，2002 年。

30. 《宋詩特色研究》，張高評，臺北：長春出版社，2002 年。

31. 《宮體詩派研究》，石觀海，武漢：武漢大學出版社，2003 年。

32. 《北大回眸》，蔡元培，北京：中國世界語出版社，2003 年。

33. 《玉臺新詠》，胡大雷，北京：商務印書館，2004 年。

34. 《漢魏文學嬗變研究》，胡旭：，廈門：廈門大學出版社，2004 年。

35. 《晚唐風韻》，葛兆光、戴燕，北京：中華書局，2004 年。

36. 《碧玉紅牋寫自隨：綜論唐代婦女詩歌》，嚴紀華，臺北：秀威出版，2004 年。

37. 《科學革命的結構》（The Structure of Scientific Revolutions）Thomas S. Kuhn（孔恩）著：程樹德、傅大為、王道還、錢永祥譯，臺北：遠流出版事業股份有限公司，2004 年。

38. 《詩經訓詁研究》，呂珍玉，臺北：文津出版社，2007 年。

39. 《初唐詩》，宇文所安，臺北：聯經出版社，2007 年。

40. 《童慶炳談文學觀念》，童慶炳，河南：河南大學出版社，2008 年。

41. 《六朝擬詩研究》，趙紅玲，上海：上海辭書出版社，2008 年。

42. 《葉嘉瑩說初盛唐詩》，葉嘉瑩，北京：中華書局，2008 年。

43. 《中國歷史研究法》，梁啓超，臺北：臺灣商務，2009 年。

44. 《唐詩接受研究》，張浩遜，浙江：浙江古籍出版社，2010 年。

45. 《唐代詩學》，楊啓高，長沙：嶽麓書社，2011 年。

46. 《中國文學審美命題研究》，詹杭倫，香港：香港大學出版社，2011年。

47. 《清華之父曹雲祥》，蔡德貴編著：西安：陝西師範大學出版社，2011年。

48. 《唐詩宋詞十五講》，葛曉音，北京：北京大學出版社，2013 年。

參、學位論文

一、臺灣

1. 《李白詩歌海意象研究》陳宣諭，臺北：臺灣師範大學國文學系博士論文，2010 年。

二、大陸

1. 《聞一多與古典文獻研究》楊天保，桂林：廣西師範大學中國古代文學碩士論文，2000 年。

2. 《論聞一多的唐詩研究》尤麗洵，長春：東北師範大學中國古代文學碩士論文，2008 年。

3. 《論聞一多的文化闡釋批評》陳欣，武漢：華中師範大學中國當代文學博士論文，2009 年。

4. 《唐汝詢「唐詩解」研究》薛寶生，甘肅：西北師範大學中國古代文學碩士論文，2010 年。

肆、期刊

一、臺灣

1. 〈南朝宮體詩研究〉：林文月，《文史哲學報》，第 15 期，1966 年 8月，頁 408～409。

2. 〈唐詩異文義例通釋〉：黃靈庚，《漢學研究》，18 卷 2 期（總 37），

2000 年 12 月，頁 341～367。

3. 〈唐朝官方放貸機構試論〉：羅彤華，《臺灣師大歷史學報》，第 38 期，2007 年 12 月，頁 1～28。

4. 〈吳瞻泰《杜詩提要》之沈鬱頓挫論〉：陳美朱，《成大中文學報》第 19 期，2007 年 12 月，頁 183～210。

5. 〈抒情美典的起源與質疑〉：柯慶明，《清華中文學報》，第 3 期，2009 年 12 月，頁 89～112。

6. 〈從哀傷到哀而不傷：陳子昂與張九齡的「感遇」詩對比研究〉：丁涵，《中正漢學研究》，第 1 期（總第 19 期），2012 年 6 月，頁 115 ～138。

7. 〈論宮體詩與抒情傳統之關係──兼論梁陳宮體的三種類型〉：祁立峰，《成大中文學報》，第 40 期，2013 年 3 月頁 1～32。

二、大陸

1. 〈隨感錄第十九·聖言與學術〉：陳獨秀，《新青年》，第 5 卷第 2 號，1918 年 8 月，頁 156。

2. 〈韋應物傳〉：萬曼，《國文月刊》，第 6 期，1947 年，頁 23～27 接續頁 32。

3. 〈岑參生年的推測〉：曹濟平，《文學遺產》，第 177 期，1957 年，頁 70～73。

4. 〈岑參生年考辨〉：孫映逵，《南京師大學報》（社會科學版），第 3 期，1981 年，頁 29～33。

5. 〈岑參「西征」詩本事質疑──讀岑參詩箚記之一〉：胡大浚，《西北師大學報》（社會科學版）第 3 期，1981 年，頁 77～82。

6. 〈岑嘉州編年考補〉：廖立，《中州學刊》，第 2 期，1982 年 2 月，頁 70～76。

7. 〈岑參邊塞詩繫年補訂〉：柴劍虹，《文學遺產》增刊第十四輯，1982 年，頁 182～195。

8. 〈岑參遊河朔考辨〉：孫映逵，《河北師範大學學報》（哲學社會科學版），第 2 期，1982 年，頁 83～87。

9. 〈岑參「西征」詩及有關邊塞地名──與胡大浚先生商榷〉：孫映逵，《徐州師範大學學報》（哲學社會科學版），第 3 期，1982 年，頁 36 ～41。

10. 〈試論「大曆十才子」的詩作〉：儲仲君，《晉陽學刊》，第 4 期，1984 年 8 月，頁 68～72。

11. 〈王績生平辨析及其思想新證〉：張錫厚，《學術月刊》第 5 期，1984年，頁 71～75。

12. 〈岑參邊塞經歷考〉：孫映逵，《徐州師範大學學報》（哲學社會科學版），第 2 期，1984 年，頁 54～62。

13. 〈再論岑參「西征」本事——答孫映逵同志〉：胡大浚，《西北師大學報》（社會科學板）第 3 期，1984 年，頁 57～65+84。

14. 〈岑參交遊考辨——閻防、杜位與嚴維〉：王劉純，《河南大學學報》（社會科學版），第 5 期，1988 年，頁 53～56+97。

15. 〈略論李端和他的詩歌〉：王定璋，《青海民族學院學報》，第 1 期，1989 年，頁 43～49。

16. 〈聞一多的唐詩研究方法試探〉：謝楚發，《江漢論壇》第 6 期，1986年，頁 56～60。今被收錄於《聞一多研究文集》，昆明‧雲南教育出版社，1990 年 11 月，頁 323～332。

17. 〈時空意識與大曆詩風的嬗變〉：蔣寅，《文學遺產》，第 2 期，1990年 1 月，頁 75～83。

18. 〈岑參生年、籍貫考〉：任曉潤，《西南師範大學學報》（人文社會科學版），第 2 期，1990 年，頁 119～120+83。

19. 〈岑參去世年月考辨〉：王勛成，《蘭州大學學報》（社會科學版），第 4 期，1990 年，頁 107～111。

20. 〈王昌齡生平事迹辨証〉：黃益元，《文學遺產》，第 2 期，1992 年，頁 31～34。

21. 〈聞一多的文學史模式〉：林繼中，《文藝理論研究》，第 2 期，1997年，頁 27～33。

22. 〈詩唐人格和詩唐文化的史家觀照——聞一多唐詩研究略論〉：劉殿祥，《呂梁高等專科學校學報》，第 15 卷第 3 期，1999 年 9 月，頁12～18。

23. 〈作爲詩評人的聞一多〉：呂進，《文藝與美學》（重慶社會科學），2000 年 1 月，頁 52～59。

24. 〈聞一多與唐詩文獻研究——紀念聞一多先生誕辰一百周年〉：陶敏，《湘潭師範學院學報》，第 21 卷第 2 期，2000 年 3 月，頁 58～61。

25. 〈唐詩研究的鑒賞學派與聞一多的貢獻〉：董乃斌，《中州學刊》，第 2 期，2000 年 3 月，頁 93～98。

26. 〈孟郊與賈島：寒士詩人兩種迥然不同的範式〉：趙曉嵐，《華東師範大學學報》（哲學社會科學版），第 32 卷第 5 期，2000 年 9 月，

頁 115～127。

27. 〈初唐詩的「一」與「多」──評聞一多論「類書與詩」及王績詩〉：曉嵐，《中國文學研究》，第 4 期，2000 年，頁 40～46。

28. 〈聞一多的古典文學研究〉：蘇志宏，《古典文學知識》，第 6 期，2000 年，頁 82～89。

29. 〈貴族・平民・胡風──對聞一多唐詩風範三類型說的理解〉：趙曉嵐，《中國韻文學刊》第 1 期，2001 年，頁 89～96。

30. 〈聞一多和杜甫〉：孫浩遜，《杜甫研究學刊》，第 3 期，2001 年，頁 39～44。

31. 〈由「唐詩研究」看聞一多對中國古典詩歌美學特徵的總結〉：李勁松，《勝利油田師範專科學校學報》，第 16 卷第 1 期，2002 年 3 月，頁 15～17。

32. 〈聞一多講唐詩〉：許淵沖，《中國大學教學》，2002 年 4 月，頁 23～25。

33. 〈聞一多與「詩的孟浩然」〉：屈小強，《文史雜誌》，第 6 期，2003 年，頁 24～25。

34. 〈聞一多先生孟浩然研究述評〉：趙治中，《許昌學院學報》，第 22 卷第 1 期，2003 年，頁 79～81。

35. 〈聞一多整理唐代文獻的一般思路及特色〉：楊天保，《玉林師範學院學報》（哲學社會科學），第 24 卷第 1 期，2003 年，頁 45～51 接續頁 88。

36. 〈論聞一多的詩人氣質對其唐詩研究的影響〉：鄭曉霞，《集美大學學報》（哲學社會科學版），第 6 卷第 4 期，2003 年 12 月，頁 88～93。

36. 〈說聞一多「詩唐」說〉：閻琦、劉歡，《陝西師範大學學報》（哲學社會科學版），第 33 卷第 3 期，2004 年 5 月，頁 53～57。

37. 〈治杜的態度：了解之同情──聞一多先生的杜甫研究（一）〉：李鳳玲、趙睿才，《杜甫研究學刊》，第 4 期，2004 年，頁 35～43。

38. 〈治杜的態度：了解之同情──聞一多先生的杜甫研究（二）〉：李鳳玲、趙睿才，《杜甫研究學刊》，第 4 期，2004 年，頁 46～54。

39. 〈嚴謹求實 勇於創新──聞一多古代文學研究略論〉：徐希平，《江南大學學報》（人文社會科學版），第 3 卷第 6 期，2004 年 12 月，頁 89～92。

40. 〈新人文主義與聞一多的「詩的格律」〉：俞兆平，《江南大學學報》（人文社會科學版），第 4 卷第 1 期，2005 年 2 月，頁 71～75。

41. 〈聞一多的唐詩學觀〉：龔賢，《衡陽師範學院學報》，第 26 卷第 1 期，2005 年 2 月，頁 58～61。

42. 〈聞一多的新詩理論和唐詩論〉：胡光波，《湖北師範學院學報》（哲學社會科學版），第 25 卷第 2 期，2005 年，頁 52～55。

43. 〈「自贖說」質疑——讀聞一多先生《宮體詩得自贖》札記〉：歸青，《中文自學指導》，第 3 期，2005 年，頁 71～73。

44. 〈語奇體峻 意亦造奇——淺析岑參邊塞詩的「奇」〉：李錦，《內蒙古師范大學學報》（哲學社會科學版），第 1 期，2006 年，頁 245～248。

45. 〈聞一多先生的王績研究及其啟發意義〉：張紅磊，《商丘職業技術學院學報》，第 6 期第 6 卷，2007 年，頁 67～68。

46. 〈周賀與僧人交游研究〉：張然勤，《大眾文藝（文史哲）》，第 10 期，2008 年，頁 118～119。

47. 〈聞一多唐詩文獻研究的學術史批評——《全唐詩人小傳》前言〉：陶敏，《雲夢學刊》，第 29 卷第 2 期，2008 年 3 月，頁 154～158。

48. 〈論聞一多對傳統詩學的繼承與發展〉：姚國斌，《中北大學學報》（社會科學報），第 24 卷第 3 期，2008 年，頁 45～48。

49. 〈聞一多詩歌批評的特徵及其當代意義〉：文廣會，《文史縱橫》，2008 年 12 月，頁 121～122。

50. 〈論聞一多的詩性批評〉：陳欣、邱紫華，《武漢理工大學學報》（社會科學版），第 21 卷第 6 期，2008 年 12 月，頁 907～913。

51. 〈略論聞一多學術思想方法的形成〉：楊慶鵬，《湖北第二師範學院學報》，第 26 卷第 11 期，2009 年 11 月，頁 8～12。

52. 〈論殷璠、蘇軾與聞一多關於孟浩然詩的評價〉：張安祖，《文學遺產》，第 5 期，2010 年，頁 156～159。

53. 〈聞一多詩學的現代性及其啟示——從羅先發「從文學到聞化的跋涉——論聞一多詩學的現代性」談起〉，歐陽文風、陳國雄，《湖南人文科技學院學報》，第 5 期，2010 年 9 月，頁 61～63。

54. 〈「二十四詩品」偽書說再證——兼答祖保泉、張少康、王步高三教授之質疑〉：陳尚君，《上海大學學報（社會科學版）》，第 18 卷第 6 期，2011 年 11 月，頁 84～98。

55. 〈英雄失路 綿邈情深——論聞一多對李商隱詩歌的接受〉：張陸洲，《湖北師範學院學報（哲學社會科學版）》，第 2 期，2012 年，頁 43～46。